NOW & FOREVER

Déjà parus :

- *Seconde Chance*
- *An Unexpected Love*
- *Sinners & Saints, tome 1 : Escort*
- *Rebel Love* (réédition de *Ce que nous sommes* - City Éditions)
- *Blessures Muettes* (Éditions Bookmark)
- *Dark Skies*
- *Désirs défendus* (Hugo Publishing)
- *Summer Lovin'*
- *Chroniques de l'ombre, tome 1 :*
De désir et de sang (Éditions Bookmark)
- *Chroniques de l'ombre, tome 2 :*
De rage et de passion (Éditions Bookmark)
- *Fucked Up*
- *Slayer, tome 1 : Initiation* (Éditions Bookmark)
- *Slayer, tome 2 : Addiction* (Éditions Bookmark)

Dans la même série :
- *Elites, tome 1 : Popul(i)ar*
- *Elites, tome 2 : Hide & Sick*
- *Elites, tome 3 : Under Your S(k)in*
- *Elites : Intégrale 1*

Copyright 2021 © F.V. Estyer
Tous droits réservés.
ISBN : 9798450616087
Couverture : MMC - Prodgraph
Photo de couverture : Alex S. Photographe
Modèles de couverture : Junior Rosello & Jeremy Samat
Illustration : Trifia

f.v.estyer@gmail.com
https://www.facebook.com/fv.estyer

F.V. Estyer

NOW & FOREVER

Elites #3.5

PREMIÈRE PARTIE
Now

"Say something, I'm giving up on you
I'll be the one, if you want me to
Anywhere, I would've followed you
Say something, I'm giving up on you
And I am feeling so small
It was over my head
I know nothing at all
And I will stumble and fall
I'm still learning to love
Just starting to crawl
Say something, I'm giving up on you
I'm sorry that I couldn't get to you
Anywhere, I would've followed you
Say something, I'm giving up on you
And I will swallow my pride
You're the one that I love
And I'm saying goodbye."1

Say something – A Great Big World

---

1 Dis quelque chose, car je suis sur le point de renoncer. Je pourrais être le bon, si tu le voulais. Je t'aurais suivi n'importe où. Dis quelque chose, car je suis sur le point de renoncer. Et je me sens si petit. C'était au-dessus de mes forces. Je ne sais plus rien du tout. Et je trébucherai, je tomberai. J'apprends encore à aimer. Je commence à peine à ramper. Dis quelque chose, car je suis sur le point de renoncer. Je suis désolé de ne pas avoir réussi à t'atteindre. Je t'aurais suivi n'importe où. Dis quelque chose, car je suis sur le point de renoncer. Et je ravalerai ma fierté. Tu es le seul que j'aime. Mais je suis sur le point de te dire adieu.

CHAPITRE 1
Kane

Octobre.

— C'est terminé.

Ce sont les premiers mots qui sortent de la bouche de Cooper alors que je le découvre, sur le seuil, un sac à ses pieds. Les yeux encore ensommeillés, je cligne des paupières, essayant de comprendre la scène qui se joue devant moi. Hélas, la réalité ne tarde pas à s'imposer à moi, me percutant de plein fouet.

Non. Non.

— Ne fais pas ça, je souffle.

Doucement, je m'avance vers lui, comme pour tenter de le retenir.

Cooper se mord les lèvres et secoue la tête en reculant. Et ça fait un mal de chien, putain. Pourtant, je continue de m'approcher jusqu'à ce qu'il se retrouve bloqué entre mon corps et la porte d'entrée. Ses paumes se posent sur mon torse pour me repousser, mais j'attrape ses poignets.

— S'il te plaît. Ne fais pas ça. Ne t'en va pas.
Parce que je ne sais pas comment vivre sans toi.
Son regard croise le mien. Il est humide et brillant, et je devine qu'il se fait violence pour ne pas flancher. Je le connais par cœur.

— Ne fous pas tout en l'air.

— Je ne peux plus continuer comme ça, Kane. C'est trop dur.

Cette conversation, nous l'avons eue des tonnes de fois par le passé. Je lui ai demandé d'être patient, d'attendre que je sois prêt. Il a accepté, pendant un temps. Pendant longtemps. Mais finalement, le jour que je redoutais est arrivé. Et je suis le seul à blâmer.

J'aurais aimé que ce ne soit qu'un cauchemar, ouvrir les paupières et me réveiller emmitouflé dans sa chaleur, sa peau contre la mienne. Mais c'est les yeux bien ouverts que je fais face à la réalité, que la douleur me serre le cœur et me donne envie de hurler.

Ma main enveloppe sa joue, et il ne recule pas. Comme si lui aussi crevait d'envie de ce dernier contact avant de me tourner le dos définitivement.

Je pose mon front contre le sien et sens son souffle contre mes lèvres. Je voudrais parler, dire quelque chose, n'importe quoi, qui pourrait le retenir, mais la boule dans ma gorge m'en empêche. De toute façon, ça ne servirait à rien. Il est vraiment trop tard, cette fois. J'ai tout gâché.

— Je t'aime.

Quelques mots murmurés comme une supplique, pour le dissuader de franchir le seuil de mon appartement et de me laisser tomber. De *nous* laisser tomber.

— Je t'aime aussi. Mais ça ne suffit plus, Kane.

Je sais. Je sais. On s'est engueulés tellement de fois à ce sujet. Trop de fois. J'aurais dû le voir venir, j'aurais dû deviner qu'un jour, il finirait par tout envoyer balader. Notre couple était en train de se fragiliser. Trop de tension, trop d'incompréhension.

Je souhaiterais lui promettre de changer les choses, mais c'est peine perdue. J'ai tenu ce discours trop longtemps pour qu'il y croie encore.

Je suis responsable de cette situation, pourtant, je ne parviens pas à m'empêcher de lui en vouloir de mettre un terme définitif à ce que nous avons.

— On pourrait en discuter, non ? S'asseoir tranquillement et trouver une solution ?

Un ricanement s'échappe de ses lèvres et j'ai l'impression de recevoir un coup de poing dans l'estomac.

— Arrête. Ce ne serait que reculer pour mieux sauter, et tu le sais aussi bien que moi.

Sa voix n'est qu'un murmure brisé, et ça me fout à terre.

Je caresse doucement sa joue et saisis son poignet pour déposer un baiser dans sa paume.

— Ça ne peut pas se finir comme ça. C'est impossible. Nous avons parcouru un trop long chemin, franchi trop d'obstacles, pour tout balayer d'un revers de main.

— Ne rends pas les choses plus difficiles qu'elles ne le sont, s'il te plaît.

Jamais depuis que je le connais, je n'ai entendu autant de colère et d'amertume dans sa voix. Ça me tue, putain.

Mes yeux me piquent, et je renifle pour tenter de ravaler mes sanglots. Sur la pointe des pieds, il dépose un baiser sur mes lèvres. Les siennes sont chaudes, douces et bordel, je n'arrive pas à croire que je ne les goûterai plus. Je glisse ma main sur sa nuque pour approfondir notre étreinte, même si j'ai conscience que c'est inutile. Il met un terme à notre baiser et attend patiemment que je recule pour lui permettre de s'en aller. J'obéis, parce que je me sens complètement impuissant, sans savoir quoi faire pour le retenir.

Il attrape son sac, le passe par-dessus son épaule.

Nous ne parlons pas, et un silence lourd de regrets et de douleur nous entoure. Immobile, je profite une dernière fois de la présence, de l'odeur de l'homme dont je suis tombé éperdument amoureux et qui est sur le point de me quitter.

Un ultime regard, un sourire d'une tristesse abyssale.

Puis il disparaît.

La porte claque et je reste là, en train de frissonner, comme un con, toujours en calbut. Et maintenant ? À défaut de petit déjeuner, je décide d'opter pour un whisky. Il est un peu tôt, mais rien à foutre.

Mon verre à la main, je m'écroule sur mon canapé en soupirant. Dans le silence de l'appartement, je peux presque entendre les rouages de mon cerveau s'activer. Pour tâcher de trouver une manière de lui montrer qu'il est tout ce que j'ai toujours désiré. Lui prouver que je l'aime, que je suis incapable de vivre sans lui. Je le sais, parce que j'ai déjà essayé par le passé, et autant dire que ça ne m'a pas très bien réussi.

J'avale une lampée de whisky et grimace lorsque l'alcool me brûle la gorge. Bordel, je suis pathétique, avachi sur mon canapé, les yeux rouges, à me lamenter.

C'est alors que je me redresse d'un coup, comme si je venais d'être électrifié. Mais c'est ça. C'est tout à fait ça. Un électrochoc.

Il m'a quitté pour m'ouvrir les yeux, pour m'obliger à me bouger et à tout faire pour nous retrouver. Peut-être est-ce ce dont j'avais besoin. Peut-être est-ce ce qu'il espérait en franchissant la porte de cet appartement. Que je lui montre combien je tiens à lui. Combien je l'aime.

Que je l'admette au monde entier, que j'arrête de me cacher, de *nous* cacher.

Parce que ma relation avec Cooper est la meilleure chose qui me soit arrivée, et il ne mérite pas que je le garde en dehors de ma vie, que je persiste à le dissimuler comme un honteux secret.

Je dois être plus fort que ça. Il est temps d'accepter. Il est temps d'avancer. Et surtout, il est temps de reconquérir l'homme sans qui je n'ai pas envie de continuer.

CHAPITRE 2
Cooper

Affalé sur un siège de la cafétéria, je tente d'arrêter de ruminer lorsqu'une voix s'élève juste à côté de moi.

— Tu cherches à découvrir les secrets de l'univers au fond de ton gobelet de café ? demande Zane en se laissant tomber sur la chaise en face de moi.

Je pousse un soupir. Je suis épuisé. Je n'ai pas dormi de la nuit et seule la caféine me permet de tenir debout. Je n'arrête pas de rejouer mes adieux avec Kane, et c'est chaque fois plus douloureux. J'ai le cœur lourd, l'estomac en vrac, les larmes au bord des yeux. Cette journée promet d'être interminable ; je n'ai qu'une envie, m'enfouir sous les draps et tout oublier.

— Je l'ai quitté.

Ma voix est rauque lorsque les mots franchissent difficilement le barrage de mes lèvres.

Putain, je l'ai quitté. Je n'arrive toujours pas à y croire. Qu'est-ce qui m'a pris ? Je ne souhaite qu'une chose, revenir en arrière et ravaler mes paroles, continuer de prétendre que tout va bien, encore un peu, parce qu'à l'idée de ne pas le retrouver ce soir, ou demain, ou ce week-end, je voudrais me rouler en boule et chialer. Il me manque déjà atrocement, et ce n'est que le début.

— Crois-moi, tu as bien fait. Les mecs, je les connais. Je sais comment les rendre dingues et les faire ramper. Tu verras.

Je pourrais presque en rire. La vérité, c'est que c'est Zane qui m'a poussé à agir, qui m'a incité à prendre cette décision. Il a eu raison. À continuer comme ça, notre couple n'aurait pas tenu. L'amertume aurait remplacé l'amour et je refusais d'en arriver là.

— Et s'il ne revient pas ? S'il estime que c'est mieux comme ça ?

Si mon ultimatum se retournait contre moi ? Si Kane décidait que c'est un mal pour un bien, que notre relation est parvenue à son terme ?

— Alors ça montrerait que c'était voué à l'échec et que l'issue aurait été la même de toute façon, réplique Zane en haussant les épaules.

J'avale une gorgée de café et pousse un soupir las. Il est évident que Zane n'a pas l'intention de me dire ce que je souhaite entendre. Non que je puisse lui en vouloir d'être si lucide.

— Un « tout va s'arranger, tu verras » aurait été apprécié.

Zane s'esclaffe.

— Ne compte pas sur moi pour ça. Ce n'est pas te rassurer qui va te faire avancer.

Mais est-ce que j'ai envie d'avancer ? Avancer sans Kane ? Non. Pas le moins du monde. J'espère que c'est aussi le cas pour lui, parce que sinon, je ne suis pas certain de parvenir à m'en remettre.

Évidemment, ma journée de cours a été une catastrophe. J'ai été incapable de me concentrer, encore moins de noter quoi que ce soit. J'ai passé mon temps à regarder mon portable, espérant qu'il vibre, espérant recevoir un message de Kane me suppliant de lui accorder une nouvelle chance. Mais il l'a déjà fait. Hier matin, alors que j'étais sur le point de quitter son appartement et qu'il m'a fixé, une douleur si intense dans les yeux que j'ai cru crever. La vérité, c'est que je ne supporte plus cette situation, et qu'il n'y a rien d'autre que je puisse faire pour qu'il le comprenne. J'en ai ma claque de me cacher. Je veux que le monde entier voie à quel point je l'aime, à quel point il me rend heureux. Je veux pouvoir me balader avec lui dans les rues, main dans la main, je veux pouvoir sortir dîner au restaurant, aller au cinéma, au théâtre, faire toutes ces choses que font les couples. J'ai l'impression de vivre une liaison illégitime, alors qu'il n'y a pas plus sincère et vrai que ce que Kane et moi partageons. Mais aujourd'hui, ça ne suffit plus. J'ai résisté, longtemps, parce que je voulais qu'il soit heureux. J'ai mis mes désirs, mes besoins, de côté pour lui, je me suis oublié dans cette relation, car rien n'avait davantage d'importance que d'être avec lui. Ce n'est plus le cas. Et s'il n'est pas prêt à faire des efforts, s'il n'est pas prêt à affronter le monde pour moi, s'il estime que je n'en vaux pas la peine, alors je ne vais pas me rendre malade pour lui. Ça fait mal, oui. Chaque seconde depuis que je l'ai quitté est une torture. Chaque fois que je revois son regard anéanti, je sens des griffes me lacérer le cœur.

À cet instant, je n'ai qu'une seule envie, l'appeler et entendre sa voix. Je veux qu'il me rassure et qu'il me dise qu'il est prêt. Qu'il refuse de me laisser partir, qu'il va se battre pour nous. Sauf que je n'ai pas le droit de flancher, ou tout tombera à l'eau. Il croira que nous pouvons encore tenir ainsi, que je l'aime trop pour vivre sans lui. C'est vrai. Je l'aime. Je l'aime à en crever. Mais parfois, les meilleures décisions sont celles qui nous brisent le cœur, et je pense que celle que j'ai prise est la bonne. Reste à savoir si je parviendrai à survivre à ça.

À peine ai-je ouvert la porte de la maison que je partage avec des types de ma fraternité - dont Zane qui a emménagé après le départ de Vince – que je me heurte à Ian qui s'apprête à sortir. Je vacille et il me retient par le bras.

— Merde, pardon ! s'exclame-t-il.

Il me lâche et recule, puis prend le temps de m'étudier.

— Ça va ?

Pas vraiment. Mais je ne compte pas l'emmerder avec ça maintenant. Je ne lui ai pas dit pour Kane, je n'ai pas trouvé la force ni eu l'envie.

— Ouais. Encore en retard ?

Il grimace. Ian est toujours à la bourre pour ses entraînements. Il a de la chance d'être aussi doué, ou ça ferait longtemps que le coach l'aurait dégagé. Mais contrairement à beaucoup de ses coéquipiers, qui se donnent tout juste la peine de se pointer en cours sachant qu'ils auront quand même leurs exams – privilège de sportif – Ian bosse comme un forcené, alors parfois, il oublie l'heure. C'est le cas aujourd'hui.

— Tu veux venir ? demande-t-il. T'as pas l'air dans ton assiette et ça te changera les idées.

Je ne suis pas vraiment certain qu'assister à un entraînement de hockey soit la meilleure solution pour me sortir Kane de la tête. Ça risquerait surtout d'empirer les choses.

— Merci, c'est gentil, mais je vais aller nager.

— D'accord. On se voit tout à l'heure.

Je m'écarte pour le laisser partir et l'observe s'élancer jusqu'à sa voiture, jeter son sac sur la banquette arrière, et démarrer quelques secondes plus tard. Puis je pénètre dans la maison, me contentant de saluer brièvement les mecs qui jouent à la console, et vais chercher mes affaires pour me rendre à la piscine. Passer un peu de temps dans l'eau ne pourra me faire que du bien, et peut-être que ça me permettra, pendant une petite heure, de me sentir plus apaisé.

La piscine est loin d'être déserte à cette heure-ci, mais je parviens à trouver un couloir de libre. Je fais plusieurs longueurs, sans m'arrêter, poussant l'effort jusqu'à être épuisé, jusqu'à être certain qu'en rentrant ce soir, je n'aurai pas de mal à m'endormir. Je tente de faire le vide dans ma tête, de me concentrer sur mes mouvements, sur ma respiration, sur ma peau qui frappe l'eau. Je fais abstraction de tout ce qui m'entoure pour ne garder que l'instant présent, sans penser à rien ni à personne. Et j'y parviens. L'espace d'un instant, j'arrive à ne rien ressentir d'autre que l'apaisement que me procure la nage. Enfin à bout de souffle, je me hisse sur le rebord, mes pieds se balançant sous la surface tandis que j'observe l'eau transparente. Puis je plonge une nouvelle fois, laissant mon corps parler et bouger, me guider le long du bassin. Jusqu'à ne plus rien éprouver, jusqu'à oublier combien j'ai mal, évacuer ce trop-plein de douleur qui ne cesse de marteler mon âme depuis hier matin.

F.V.Estyer

CHAPITRE 3
Kane

— Il est parti.

Ma voix est rauque, c'est à peine si je parviens à prononcer ces mots. Parce que ça rend les choses réelles. Ce matin, alors que mon cerveau était encore ensommeillé, j'ai cru que j'avais imaginé tout ça. Puis j'ai ouvert les yeux, avisant ma chambre vide où plus aucune affaire de Cooper ne traînait. Et mon cœur s'est serré.

— Comment ça « parti » ?

La voix de Beth m'oblige à revenir au moment présent. Je serre mon portable dans ma main, comme pour me raccrocher à quelque chose.

— Il m'a quitté.

Bordel, c'est tellement douloureux. Je refuse toujours d'y croire. Hier, j'ai tenté de faire bonne figure. Toute la journée, durant l'entraînement des Islanders, je me suis concentré sur le boulot. Parce que malgré les mots, malgré son départ, j'étais persuadé de tout pouvoir arranger. Mais aujourd'hui... aujourd'hui, je me sens triste et impuissant.

— Qu'est-ce qui s'est passé ?

Rien. Rien de plus que d'habitude, en fait. Mais je crois que Cooper a atteint le point de non-retour, un point où malgré les sentiments partagés, ça n'est plus supportable.

— Notre situation ne lui convient plus.

Je soupire et glisse une main sur mon visage, essayant de chasser le souvenir de son expression, anéantie, mais résolue.

— Je suis désolée, Kane. Mais pour être honnête, on savait tous les deux que ça finirait par arriver.

Ouais. C'est le pire, dans tout ça. Je ne peux même pas prétendre être surpris par sa décision. Elle couvait, depuis des mois déjà. À chaque fois que nous sortions, à chaque foutu gala de charité où nous étions tous les deux présents, nous devions nous contenter de quelques coups d'œil, de quelques sourires discrets, parce que je refusais que quiconque découvre la vérité.

J'ai conscience que si j'avais agi autrement, si j'avais osé, il serait toujours là, et ça ne fait que décupler ma culpabilité.

— Je croyais… je croyais avoir plus de temps, finis-je par avouer.

Plus de temps pour me blinder, pour me préparer au regard des gens, aux rumeurs et à l'incompréhension. Parce que je sais ce que le monde va penser de notre relation. Un type de mon âge, avec un homme qui en a la moitié.

— Tu en as eu. Deux ans, Kane. Cooper a été patient. Il a accepté ce que la plupart auraient refusé. Pour toi. Par amour.

— Je suis un putain d'égoïste.

— Tu n'es pas égoïste. Tu veux juste protéger ce que vous partagez. Et je comprends. Parce que c'est qui tu es, Kane. Je suis bien placée pour le savoir.

Son sourire est perceptible dans sa voix, et je me surprends à sourire en retour. S'il y a bien une personne qui me connaît par cœur, c'est Beth.

— J'ignore quoi faire pour le récupérer.

— Ça ne me paraît pourtant pas très compliqué, dit-elle avec douceur.

Le ricanement qui s'échappe de mes lèvres ressemble davantage à un reniflement. Une boule me noue la gorge, semble grossir à chaque seconde qui passe.

— J'ai l'impression que rien de ce que je pourrais dire ne suffira.

— Parce qu'il ne cherche pas des mots. Il cherche des actes. Il veut que tu réagisses.

Oui. Sauf qu'une partie de moi ne peut s'empêcher de penser que, peut-être, ma crainte de nous exposer au grand jour n'était qu'une excuse parfaite pour me quitter. Peut-être qu'il s'est rendu compte que lui et moi, ça ne pourrait pas fonctionner sur le long terme. Qu'au fond, ça l'arrangeait bien que je préfère nous garder dans ce cocon plutôt que d'assumer pleinement. Et qu'un avenir ensemble était une chimère. Il est jeune. Il a encore tellement de choses à découvrir, à expérimenter. Si je n'avais été qu'un frein ? S'il avait réalisé qu'au final, il était temps que nos chemins se séparent ? Cette éventualité me tord le bide et me fait monter les larmes aux yeux. Non. Non. Je dois croire en lui. Croire en nous. Depuis que nous sommes ensemble, il n'a jamais dit quoi que ce soit pour m'inciter à penser qu'il voulait partir, qu'il voulait vivre sa vie loin de moi. La douleur et le manque me rendent parano.

— J'ai peur d'avoir tout gâché.

Beth reste silencieuse quelques secondes, et je me concentre sur le bruit de sa respiration pour ne pas craquer.

— Tu as commis une erreur en l'enfermant comme tu l'as fait. Tu as pris votre relation pour acquise, tu t'es reposé sur l'amour qu'il éprouve pour toi, en espérant que ça suffirait.

Je ne peux qu'en rire, parce que c'est tout ce qui me retient de chialer.

— Tu me diras combien je te dois pour la séance de psy.

— Je veux que tu sois heureux, c'est tout.

Bon sang, comme j'aimerais qu'elle soit là en cet instant. Pouvoir la prendre dans mes bras, me reposer sur elle.

— Tu me manques.

Aujourd'hui plus que jamais. Beth a été présente une grande partie de ma vie, et elle l'est encore, malgré la distance qui nous sépare. Nous pourrons toujours compter l'un sur l'autre, et parfois, je me surprends à me demander ce qui serait arrivé si nous étions restés ensemble. Sans Cooper, sans Roberto…

— Toi aussi. Mais penses-y, Kane. Je sais que ça fait peur, que tu redoutes ce qui pourrait se passer. Mais Cooper mérite ta dévotion. Il mérite que tu te jettes à l'eau. Si tu ne le fais pas, tu le perdras. Pour de bon, cette fois.

Je passe ma journée à ressasser ma conversation avec Beth et à chercher comment faire amende honorable et me racheter auprès de Cooper, pour m'assurer qu'il m'offre une nouvelle chance. Une dernière chance. Alors que j'observe les jeunes s'entraîner, c'est tout juste si je parviens à me concentrer sur leurs mouvements tellement mon esprit est en ébullition. Les idées affluent les unes après les autres, mais je n'en retiens aucune. En fait, si. Il y en a bien une qui me titille, mais je n'ose pas vraiment m'y attarder. C'est trop extrême… Ou l'est-ce vraiment ?

S'il y a bien une chose dont je suis certain, c'est que je veux passer ma vie auprès de Cooper, mais est-ce que lui souhaite la même chose ? Est-ce qu'il n'a pas pris cette décision parce qu'il a finalement sauté après des mois à reculer ? Des mois durant lesquels nous prétendions que tout s'arrangerait. Parce que malgré les disputes et les mots durs, nous finissions toujours par nous rabibocher. Pourtant, j'ai tout de même le sentiment qu'à chaque engueulade, quelque chose se brisait qu'on ne parvenait pas tout à fait à réparer.

Malgré tout, la solution qui ne quitte pas mon esprit semble être la meilleure. La plus casse-gueule aussi. Tant pis. Je n'ai pas le choix. Aux grands maux les grands remèdes, pas vrai ?

Alors il ne me reste plus qu'une chose à faire. Et je connais *la* personne capable de m'aider.

CHAPITRE 4
Cooper

La vague de chaleur me prend à la gorge lorsque je pénètre dans l'appartement de mon père. J'ôte mon manteau trempé par la pluie et tressaille quand une goutte coule le long de ma nuque jusqu'au bas de mon dos.

— Papa ?

J'avance dans le hall et me dirige vers le salon quand l'odeur de nourriture alléchante me fait dévier en direction de la cuisine. Je découvre mon père en train de couper des oignons. Ses yeux sont rouges et humides.

— Je ne pensais pas que me voir provoquerait autant d'émotions, dis-je en souriant.

Il ricane et tend les bras pour que je vienne l'enlacer. Je me coule dans son étreinte et le serre un peu plus fort, un peu plus longuement que d'habitude. S'il est surpris, il ne le montre pas, et je me demande s'il est déjà au courant de la situation.

Après tout, ça va faire plus d'une semaine que j'ai choisi de rompre ; une semaine infernale, où chaque nuit, l'espoir que Kane cherche à me récupérer s'amenuisait, où j'ai dû me convaincre que c'était définitivement terminé, et que, peut-être, je l'aime plus qu'il ne m'aime. Qu'il a décidé que ça ne valait pas la peine de tout faire, tout tenter, pour que je revienne.

Une semaine à broyer du noir, même si Zane, Ian et les autres ont fait de leur mieux pour me remonter le moral. Une semaine passée sans pratiquement trouver le sommeil, à fixer le plafond en me demandant ce qu'il faisait, avec qui il était, si moi aussi, je hantais constamment ses pensées.

Je n'en ai pas encore parlé à mon père, parce que je voulais attendre de le voir. Ce n'est pas le genre de choses dont j'avais envie de discuter au téléphone.

Lui qui avait fini par s'y habituer, par accepter ma relation avec Kane, même s'il ne la comprenait pas vraiment, voilà que tout s'est fracassé. Peut-être qu'il sera soulagé, finalement, de savoir que je ne fréquente plus l'un de ses meilleurs amis.

— J'espère que tu as faim, j'ai cuisiné pour un régiment, dit-il lorsque je le relâche.

Non, pas vraiment. Je n'ai pas d'appétit ces derniers temps, je suppose que c'est logique. Pourtant, je hoche la tête, et tente un sourire qui ressemble surtout à une grimace.

— Tu veux un verre ?

— Je vais me contenter d'un soda, si tu en as. Je te sers quelque chose ?

Au moins, on ne pourra pas me reprocher de noyer mon chagrin dans l'alcool. Je n'ai jamais été un grand buveur de toute façon, contrairement à Zane ou Win, un verre de temps en temps me suffit. Mais même ça, je n'en ai plus envie. C'est étrange, j'ai l'impression que plus rien n'a de goût ni de couleur ces derniers temps, et d'évoluer dans un monde fait de nuances de gris. Est-ce que c'est ce qu'on ressent, quand on a le cœur brisé ? Quand l'homme avec qui on pensait passer sa vie disparaît et qu'on se rend compte que tous nos idéaux se sont cassé la gueule ?

— Partage un scotch avec moi, fiston, ça va te requinquer. Tu trembles comme une feuille.

C'est vrai que j'ai du mal à me réchauffer. Il fait un temps pourri en ce mois d'octobre. Pourtant, je crois que la pluie n'est pas l'unique responsable de mon état.

— Comme tu veux.

Je me rends dans le salon pour nous servir un verre. Depuis la rentrée, c'est la première fois que je reviens ici, chez moi. Le peu de fois où j'ai vu mon père, nous sommes allés manger dehors, mais aujourd'hui, j'ai insisté pour que nous restions à la maison. Si je dois m'effondrer, j'aime autant ne pas avoir de public.

Évidemment, même verser le liquide ambré me rappelle Kane et nos soirées passées tous les deux, enlacés sur le canapé de son appartement, en train de regarder un film pendant qu'il sirotait son verre, la saveur sur sa langue lorsqu'elle jouait avec la mienne. Je pousse un soupir et secoue la tête. C'est dingue à quel point chaque détail me ramène à lui. Dingue et pathétique. Me mordant les lèvres pour ravaler mon envie de chialer, je rejoins mon père qui vient de mettre les oignons à caraméliser.

— Alors… commence-t-il en scrutant mon visage. Kane est passé.

Ça y est, les hostilités sont lancées. D'un côté, je suis soulagé que ce soit mon père qui ait initié la conversation, je ne suis pas certain que j'en aurais été capable. Ma gorge est sèche tout à coup, rien que son nom prononcé à voix haute me noue l'estomac.

— Il m'a dit que tu l'avais quitté.

— Je n'avais pas le choix, je réponds, comme si je ressentais le besoin de me justifier.

Et peut-être que c'est le cas. Peut-être qu'en exposant mes arguments à mon père, un homme adulte, censé, j'attends qu'il me conforte dans ma décision. Lui et moi n'avons pas beaucoup évoqué ma relation avec Kane, trop intime, trop gênante, mais vraisemblablement, le moment est venu.

— Je pensais que ça suffirait… de savoir qu'il m'aimait.

Et ça a suffi. Pendant un temps. Je croyais que je parviendrais à tenir sur la durée, je me persuadais que peu importait si nous vivions cachés de la majorité du monde, pourvu que nous soyons ensemble.

Mon père pousse un soupir et secoue la tête.

— Pas moi.

Une brutalité honnête, comme toujours. On peut compter sur lui pour aller droit au but sans tourner autour de pot.

— Ne te méprends pas, fiston. Je sais que tu étais heureux avec lui. Mais je te connais. Tu as toujours été expansif, même gamin, et j'avais conscience qu'un jour ou l'autre, ne pas pouvoir vivre cette relation librement allait finir par te peser. Je croyais que ça arriverait plus tôt que ça, en fait.

Il me sourit pour adoucir ses paroles, comme s'il craignait que je lui en veuille de se montrer si franc, mais ce n'est pas le cas. S'il y a bien quelqu'un qui me connaît presque mieux que moi-même, c'est mon père.

— Et tu as beau ne pas considérer votre différence d'âge comme un problème, ça n'en reste pas moins un obstacle.

Je me mords les lèvres pour ravaler la réponse cinglante qui menace de m'échapper. Je n'ai pas envie de me disputer avec lui, ma vie part déjà suffisamment en couille comme ça. Malgré tout, un seul coup d'œil à mon expression sombre l'incite à poursuivre :

— Crois-le si tu veux, mais j'ai été jeune moi aussi.

Je ne peux m'empêcher de sourire à ses mots. C'est vrai que nous avons du mal à imaginer nos parents dans un autre rôle que celui-là, pourtant, ils ont eu une vie avant nous, même si nous avons tendance à l'oublier.

— Jeune et amoureux. Et avec l'envie de le crier sur tous les toits. C'est dur de rester dans l'ombre à ton âge quand tous tes potes ne se privent pas pour afficher leur affection publiquement.

Ses paroles se fraient un chemin dans mon cerveau. Il a raison. Peut-être que si j'avais été plus vieux, si j'avais vécu davantage, si j'avais aimé avant Kane, je ne ressentirais pas ce besoin de nous dévoiler au grand jour. Mais voilà. Je n'ai jamais été vraiment amoureux avant lui, et je n'imagine pas le devenir de qui que ce soit d'autre. Je sais que tout le monde pense qu'il faut se fracasser plusieurs fois avant de tomber sur la bonne personne. Mais ce n'est pas mon cas. J'aime Kane. Je l'aime à en crever. C'est la raison pour laquelle mieux valait m'en aller. Pour me protéger. Pour ne pas me laisser bouffer par la rancœur et en venir à le détester.

CHAPITRE 5
Kane

À peine le taxi est-il garé devant la maison de mes parents que la porte s'ouvre et ma mère apparaît. Un sourire étire mes lèvres et je lui fais signe tandis que je m'extirpe de la voiture pour récupérer mon sac dans le coffre. Elle vient à ma rencontre et me serre fort dans ses bras.

— Tu m'as manqué, Kaney.
— Toi aussi, maman. C'est bon de te voir.

Elle m'étreint longuement, et je me coule dans sa chaleur, profitant du réconfort de sa présence. Elle finit par me libérer pour que mon père puisse prendre le relais avant que nous nous dirigions vers le salon.

Je m'installe sur le canapé et récupère la bière fraîche que mon père me tend.

— Comment tu vas ? me demande ma mère.

Je hausse les épaules et bois une lampée, espérant qu'elle parvienne à faire disparaître la boule qui s'est logée dans ma gorge à cette seule question.

— J'ai connu mieux.

Mes parents sont au courant de ma rupture avec Cooper, évidemment. Bien qu'ils ne l'aient vu qu'une fois, quand nous sommes venus passer un week-end ici, ils l'ont beaucoup apprécié.

Mon père, toujours debout à mes côtés, me serre brièvement le bras.

— Tu verras, ce soir va tout changer.

Honnêtement, j'espère. Parce que c'est ma seule chance de le récupérer, et je croise les doigts pour ne pas tout faire foirer.

Je me contente d'acquiescer. Pour être franc, j'essaie de ne pas y penser, de ne pas me faire des films sur ce qui pourrait ou non se passer. Sans compter que même si je crève d'envie de faire ce pas vers lui pour lui montrer combien il compte pour moi, et que je suis prêt à me mettre à genoux pour le reconquérir, je sais que rien n'est gagné.

Je tente de ne pas envisager la possibilité qu'il ne m'accorde pas cette seconde chance, parce que je ne suis pas certain de parvenir à me relever.

J'en ai longuement parlé avec mes parents – avec Steve aussi, parce qu'il est son père et que c'était primordial pour moi qu'il soit d'accord – et bien que tous aient essayé de me rassurer, des tas d'interrogations et une peur profonde ne cessent d'envahir mon esprit. Peu importe ce que Cooper n'a pas arrêté de me répéter, notre différence d'âge m'effraie. Une grande partie de ma vie est derrière moi tandis que lui n'a pas commencé à construire la sienne. J'ai vécu une carrière, un mariage, un divorce, alors qu'il n'a même pas encore quitté les bancs de l'université. Malgré moi, malgré lui et sa détermination, est-il vraiment prêt à s'engager sur la durée ? Ai-je le droit de le mettre au pied du mur comme je m'apprête à le faire ?

— J'entends d'ici les rouages de ton cerveau tourner, Kaney.

Je cligne des paupières et souris à ma mère avant de finir ma bière d'un trait.

— Je suis en train de me demander si c'est une bonne idée.

Elle lève les yeux au ciel : ce refrain, elle l'a entendu une dizaine de fois depuis que je lui ai fait part de mon projet. Ou de mon bond en avant. Elle ne cherche même pas à me faire entendre raison. Au lieu de quoi elle répond :

— Hé bien, il est trop tard pour reculer, pas vrai ?

Ouais, il est temps de faire le grand saut... et de croiser les doigts pour que la chute ne soit pas mortelle.

En arrivant dans les vestiaires de la Scotiabank Arena, j'ai l'impression de me retrouver des années en arrière. L'impression que rien n'a changé. Tout est identique à mes souvenirs : la moquette bleue floquée de l'emblème des Leafs, les vestiaires en bois où sont accrochés les maillots et le reste de l'équipement. Et le bruit. Les joueurs qui chahutent et rient, qui se donnent des tapes dans le dos. Pourtant lorsque le premier d'entre eux lève la tête vers moi, je le ressens comme un signal. La pièce se fait soudain silencieuse avant que des exclamations n'éclatent autour de moi. Mon nom résonne sur les murs, des sourires grandissent sur les lèvres des hockeyeurs, et sur les miennes. Je ferme un instant les yeux pour prendre une profonde inspiration, et salue tout ce petit monde.

Bienvenue à la maison, Ackermann.

Malgré mon appréhension croissante, mon sourire ne se fane jamais. C'est si bon de revenir ici, de retrouver mes marques en quelque sorte, même si ce n'est que le temps d'une soirée. Une soirée qui pourrait bien tout changer et faire de moi l'homme le plus heureux de la terre. Ou le plus misérable.

— Ackermann, c'est un plaisir de te rencontrer, déclare le coach Keefe alors que nous nous nous serrons la main.

Pour l'occasion, j'ai revêtu mon ancien maillot, celui que je portais quand j'étais un champion de hockey.

Patins aux pieds, je me dirige vers la glace où sont déjà présents tous les joueurs de l'équipe. Ils m'observent, souriants, tandis que je glisse jusqu'au centre. C'est agréable, gratifiant, de voir que malgré les années, personne ne m'a oublié. Quand je leur ai dit que j'allais me joindre à eux aujourd'hui, ils ont tous poussé des exclamations de joie.

Ils ont un match important ce soir, et après avoir passé un long moment à travailler sur la stratégie du jour avec leur coach, il était temps de venir s'entraîner.

Me retrouver au sein de cette patinoire, c'est incroyable, et foutrement bandant. Parce que pour être honnête, cette époque me manque. Même si je n'ai jamais lâché ma passion, même si je n'ai jamais quitté l'univers du hockey, ce n'est plus pareil.

Revenir ici, fouler la glace dont le logo des Maple Leafs trône fièrement au centre, c'est retourner plus d'une dizaine d'années en arrière, lorsque les tribunes scandaient mon nom et applaudissaient avec ferveur chacun des buts marqués.

Nous finissons en sueur, mais tout le monde affiche un immense sourire tandis que nous échangeons des accolades et que je félicite tous les joueurs.

— Ils se sont donnés à fond, déclare le coach lorsque je parviens à sa hauteur. Je crois qu'ils avaient envie de t'impressionner.

Des ricanements éclatent autour de nous et je lève la tête pour croiser le regard d'un des défenseurs.

— Et ils ont réussi, dis-je en fixant le type dont le visage s'éclaire.

L'équipe se rend finalement aux vestiaires et je les rejoins après être resté un petit moment avec le coach, à discuter de mon discours de ce soir.

C'est la véritable raison de ma présence ici, à Toronto, dans l'antre des Leafs. Depuis que j'ai fait mon coming-out, je me suis retrouvé un peu impliqué dans la lutte contre l'homophobie au sein de la NHL. Avant le match, j'ai prévu de prononcer quelques mots, de tenter de sensibiliser la population. Ce n'est pas grand-chose, mais je suis fier de pouvoir apporter ma pierre à l'édifice, si petite soit-elle. Le Canada est un pays très ouvert, je sais que je ne prends pas trop de risques, mais un rappel n'est jamais superflu.

Sans compter que j'ai une autre annonce à faire ce soir, et si elle ne change pas la face du monde, il est probable qu'elle chamboule ma vie.

CHAPITRE 6
Cooper

Sous le regard scrutateur de mon père, j'ai terminé mon assiette. Après tout, il a pris le temps de cuisiner, en grande partie pour moi, je me dois donc de faire un effort. Sauf qu'à présent, la nourriture pèse lourd dans mon estomac, et alors que j'aimerais m'installer sur le canapé et fermer les yeux pour me reposer et oublier un instant à quel point je me sens misérable, mon père a apparemment d'autres projets.

— J'ai une surprise pour toi, déclare-t-il avec enthousiasme en me tendant ma tasse.

Je fronce les sourcils et l'observe avec méfiance.

— Je déteste les surprises.

— Arrête. Tu adores ça.

C'est vrai. Mais là tout de suite, j'ai surtout peur de ce qu'il a derrière la tête.

— Bois ton café, on va devoir se dépêcher si on ne veut pas louper l'avion.

L'avion ? Quel avion ? De quoi est-ce qu'il parle ?

Mon imitation de poulpe desséché doit être excellente, parce qu'il éclate de rire tout en pressant brièvement mon épaule.

— Où est-ce qu'on va ?

— Si je te le disais, ce ne serait plus une surprise !

Je suis sur le point d'insister, mais mon père hoche la tête sans se départir de son sourire. Il ne lâchera rien, je le connais comme s'il m'avait fait.

Je prends tout de même le temps de terminer mon café, même s'il montre des signes d'impatience en jetant des petits coups d'œil à sa montre.

— À quelle heure est-on censés décoller vers cette destination mystérieuse ? Tu sais que j'ai cours lundi, pas vrai ? Tu ne comptes pas m'emmener à l'autre bout du monde ?

Il en serait capable. Peut-être plus maintenant, mais il l'a déjà fait par le passé, surtout quand il était encore marié avec ma mère. Même s'il n'est pas du style à se vanter de ses privilèges, il ne se gêne pas non plus pour en profiter. Et comment l'en blâmer ? Il a travaillé dur pour gagner autant d'argent − et pouvoir se payer les services d'un jet privé − alors, pourquoi se réfréner ?

— Seize heures, tu ferais mieux de t'activer.

Je pousse un soupir et dépose ma tasse vide dans l'évier avant qu'il ne finisse par me tirer de force par le bras pour m'entraîner hors de l'appartement. Moi qui espérais passer une journée tranquille en présence de mon père, à ne rien faire d'autre que nous prélasser dans le salon pour mater la télé, me voilà transporté dans une aventure dont lui seul a le secret.

Alors que le chauffeur nous ouvre la portière et que nous grimpons dans la voiture, direction l'aéroport de Teterboro, dans le New Jersey, je suis curieux de savoir où il compte nous emmener. Un week-end à Disneyland World, à Orlando ? Une virée à Vegas − maintenant que j'ai l'âge légal pour jouer aux machines à sous ? Une randonnée dans les montages du Colorado ? Franchement, avec lui, je m'attends à tout, sans compter qu'il n'a pas l'intention de lâcher le morceau.

Heureusement, la circulation est fluide en ce samedi après-midi, et une heure plus tard, nous nous retrouvons sur le tarmac où l'avion privé est stationné. Je pourrais peut-être tirer les vers du nez du pilote ou du personnel de bord, mais j'aurais peur de froisser mon père. Je sais qu'il n'a que de bonnes intentions, qu'il cherche à me remonter le moral en m'offrant une pause loin de Manhattan. Pourtant, je ne peux faire taire l'alarme qui résonne dans ma tête, agrémenté de tous ces *et si*...

Des « et si » que j'aimerais ignorer, parce qu'ils sont accompagnés d'un espoir que je refuse de ressentir. Alors, pour arrêter de me triturer le cerveau, à peine suis-je installé sur le siège en cuir confortable que je ferme les yeux et respire profondément, tâchant de vider mon esprit et de somnoler pendant toute la durée du voyage.

Évidemment, mes pensées refusent de me laisser tranquille. J'aurais pu allumer un joint, histoire de décompresser, de ne plus ressasser, mais pas sûr que mon père aurait apprécié. S'il n'est pas contre boire un verre avec moi de temps en temps, il ne tolère aucune sorte de drogue. De toute façon, je n'en ai pas sur moi, donc inutile de tergiverser.

Lorsque l'avion commence à perdre de l'altitude, je jette un coup d'œil à mon portable et découvre qu'à peine plus d'une heure s'est écoulée depuis notre décollage. Pourtant, on dirait que j'ai quitté New York depuis une éternité. Je me frotte les paupières et regarde à travers le hublot. Une chose est sûre. Ce ne sera ni Jacksonville, ni Denver, ni Vegas. Où peut-il donc bien m'emmener ?

La ville apparaît devant moi, semblable à la majorité des métropoles. Aucun indice ne me permet de deviner quelle est notre destination.

Une dizaine de minutes plus tard, nous atterrissons sur le tarmac et l'avion décélère.

— Tu n'as sincèrement pas envie d'être surpris, pas vrai ? déclare mon père.

Je me tourne vers lui tandis que ses lèvres souriantes se referment autour de son verre de Scotch.

— Non. Ça me stresse.

— Pourtant, tu adorais ça étant enfant.

Je ravale mon agacement, ce ne serait pas juste de passer ma frustration sur lui.

— Sauf que je ne suis plus un gosse, papa.

Il boit une gorgée et répond :

— Tu le seras toujours à mes yeux.

Parfois, je voudrais l'être de nouveau. Retrouver cette insouciance, loin des problèmes de la vie réelle, quand le pire qui pouvait m'arriver était de perdre au jeu de société et de bouder – je n'ai jamais été bon joueur. Je sais que je n'ai pas à me plaindre, sauf qu'en ce moment, m'apitoyer sur mon sort est devenu mon activité préférée. Bon sang, je peux presque entendre la voix de Zane résonner dans ma tête. « Vous, les gosses de riches, vous baissez les bras à la plus petite difficulté. Ça doit être agréable de vivre dans votre monde acidulé. Même si ça fait de vous des adultes sans aucune force de volonté ». Foutu Zane.

L'avion finit par se stabiliser et quelques minutes plus tard, nous quittons la cabine. Le vent vif me fouette aussitôt le visage et je frissonne. Je descends rapidement la passerelle jusqu'au véhicule qui nous attend non loin, mon regard furetant alentour, pour chercher la réponse à ma question. C'est alors que mes yeux se posent sur le bâtiment principal et que mon cœur rate un battement.

Mon souffle se fait erratique et je me fige, tentant de me persuader que j'ai sans doute mal lu. Ce n'est pas le cas.

Toronto Buttonville Municipal Airport est inscrit en gros sur la façade.

Bordel de merde, qu'est-ce que je fous là ?

CHAPITRE 7
Cooper

Alors que nous nous éloignons de l'aéroport en direction de la ville, j'ai toujours du mal à croire que je suis ici. Mon père a-t-il cherché à me piéger ? Ou peut-être à *nous* piéger.

— Est-ce qu'il sait que je viens ?

Je ne suis pas stupide. Mon père n'a pas choisi cette destination par hasard. Il n'y a qu'une seule raison à notre présence à Toronto. Parce que c'est la ville de Kane, celle qu'il m'a fait visiter il n'y a pas si longtemps, alors que les choses commençaient à se détériorer. Nous nous étions dit qu'un week-end ensemble pourrait nous faire du bien, sans compter qu'il avait décidé de me présenter à ses parents. Pour lui, c'était une preuve que je comptais, que notre relation était sérieuse et qu'il aspirait à ce qu'elle dure. Moi, j'avais repris espoir, me convainquant que c'était un grand pas qui mènerait à un autre, plus grand encore. Je me souviens de cette journée comme si c'était hier. J'étais stressé comme pas possible, mais Jack et Natty m'ont aussitôt mis à l'aise et m'ont intégré au sein de leur famille comme si j'en avais toujours fait partie.

Constatant que mon père ne répond pas tout de suite, je me tourne vers lui. Il a le regard rivé sur la vitre, observant les bandes d'autoroutes et les voitures qui défilent devant nous.

— Papa ?

Il soupire, porte enfin son attention sur moi.

— C'est lui qui m'a demandé de te faire venir.

Je reste bouche bée par cet aveu. Dire que je suis étonné serait un euphémisme. Mon cœur bat un peu trop vite, j'ignore s'il s'agit de crainte, de colère ou d'espoir. Peut-être un peu des trois.

— Comment ça ?

Je ne suis pas certain d'être prêt à l'affronter, d'être prêt à entendre ce qu'il a à me dire. D'ailleurs, pourquoi ici, alors qu'il aurait été aussi simple de venir me débusquer à la sortie des cours ? Il connaît mon emploi du temps par cœur. Je suis loin d'être un type fantaisiste après qui on doit constamment courir. Il aurait suffi qu'il se pointe sur le campus, et à part sauter dans un buisson pour me cacher, je n'aurais pas été difficile à trouver.

— Il a débarqué, il m'a demandé de lui rendre un service, répond mon père comme si c'était la chose la plus naturelle du monde.

— Et tu as accepté.

Ce n'est pas une question, ou je ne serais pas ici. J'avais raison, finalement.

— Tu m'as tendu un piège, j'ajoute en serrant les dents.

J'ignore pourquoi je lui en veux autant. Peut-être parce que j'aurais aimé être mieux préparé, mentalement, à ce qui va arriver.

— Je suis venu en aide à un ami désespéré, déclare-t-il en haussant les épaules.

— Ouais, sans penser à ton fils, apparemment.

Il fronce les sourcils et son regard s'assombrit. Je me rends compte que je l'ai blessé, et une pointe de culpabilité m'assaille.

— Au contraire. Je ne pense qu'à lui.

Je hoche la tête, sur le point de m'excuser, mais reste silencieux. Il aurait dû me prévenir, au lieu de faire passer ça pour une foutue surprise à la con.

— Il t'aime. Tu l'aimes. Vous vous aimez… Bref. L'amour ne devrait pas être compliqué.

Ouais, je me suis souvent répété ça, moi aussi. Pourtant, je ne peux m'empêcher de ricaner. Mon père, l'homme qui n'a jamais réellement compris notre relation, est celui qui doit s'y immiscer pour essayer de nous réparer. Je dois au moins lui reconnaître ça : peu importe son avis, mon bonheur sera toujours le plus important à ses yeux, et il est en train de me le prouver.

La culpabilité m'étreint plus fort, et cette fois, je ne tente pas de la refouler. J'ancre mon regard au sien et murmure :

— Merci, papa. Et je suis désolé.

Il n'est pas loin de dix-huit heures trente lorsque la voiture nous dépose devant la Scotiabank Arena de Toronto. Une foule, principalement vêtue de maillots bleu et blanc, se presse vers l'entrée. C'est soir de match, ce que je savais déjà. Kane a beau ne plus jouer pour les Leafs, il reste leur plus fervent supporter et ne loupe aucune rencontre, et moi non plus. Nous n'avons peut-être pas grand-chose en commun, lui et moi, mais nous partageons la même passion pour le hockey. Certes, nous soutenons deux équipes différentes, et quand les Leafs affrontent les Rangers, il y en a forcément un qui subit la fin du match en faisant la gueule et en pestant. Je souris en songeant à la dernière fois où c'est arrivé, il y a plusieurs mois de ça, pendant les Playoffs. Les Rangers ont perdu, et j'étais d'une humeur massacrante, mais Kane a su me remonter le moral. Avec ses mots, ses caresses, ses baisers. Une douleur me serre soudain le cœur lorsque je repense à ses mains sur moi, à sa barbe picotant la peau de mes cuisses. Putain, ce qu'il me manque. J'ai l'impression que ça fait une éternité que je n'ai pas senti son corps contre le mien, sa bouche dévorant la mienne. Que je n'ai pas entendu le son de son rire, éprouvé les frissons provoqués par sa voix rauque. Ça ne fait qu'un peu plus d'une semaine. Une semaine qui me paraît avoir duré une vie entière.

Mes mains sont soudain moites lorsque je lève les yeux vers le bâtiment de verre, et c'est pire encore quand nous entrons à la suite des spectateurs. Mon cœur bat si fort dans ma poitrine que j'ai peur qu'il explose. Nous naviguons à travers la foule et mon sang pulse jusque dans mes tempes. Je voudrais fuir, je voudrais quitter cet endroit parce qu'à cet instant… je suis mort de trouille. À l'idée de revoir Kane, d'entendre ce qu'il a à me dire. Pourquoi ici ? Il ne joue même pas. Je me doute qu'il est venu assister au match, mais je suppose que nous n'allons pas parler de notre relation – ex-relation ? – au milieu des supporters entre deux bouchées de popcorn.

Alors ouais… *pourquoi ? Pourquoi ? Pourquoi ?*

Cette simple question tourne en boucle dans mon esprit. Je ne sais même pas où je vais, me laissant guider par mon père dont je ne quitte pas le dos des yeux.

Lorsque je me retrouve à descendre les marches jusqu'à une place au plus près de la glace, que mon regard s'attarde aux alentours et que je découvre les parents de Kane installés quelques sièges plus loin, je m'immobilise. Putain, je ne suis pas prêt pour ça. Pourtant, j'avance, tel un automate, et le sourire que Natty m'offre me réchauffe le cœur. Je n'ai d'autre choix que de lui sourire en retour, acceptant son étreinte chaleureuse avec joie, refoulant les larmes qui me montent soudain aux yeux.

— Je suis contente de te revoir, Cooper.

— Moi aussi.

Je serre la main de son père, Jack, qui me sourit tout autant, et leur présente le mien. Ils échangent quelques mots ainsi qu'une poignée de main, et se rasseyent, me laissant le siège à l'extrémité de la rangée, juste à côté du couloir des joueurs.

Tandis que tout le monde discute, moi, j'observe la patinoire. La feuille d'érable au centre de la glace, la nuée de bleu et de blanc tout autour de nous. Les gens sifflent, rient et crient. Ils croquent dans des hot-dogs et boivent de la bière. Peut-être que je devrais les imiter. Ma gorge est tellement sèche que j'aurais besoin de me désaltérer. Mais honnêtement, je ne suis pas certain d'avoir la force de braver la foule, pas alors que mon esprit est sens dessus dessous et que je ne cesse de scruter la salle en essayant d'apercevoir Kane. Je suppose qu'il compte nous rejoindre et regarder le match en notre compagnie.

C'est alors que ce « pourquoi » résonne à nouveau, rebondit sur les parois de mon cerveau tandis que les réponses me fuient.

Peut-être qu'il a pensé que nous retrouver entourés de nos familles serait moins gênant qu'en tête à tête. Impossible, parce que c'est pire encore.

Pourtant, je n'ai pas le temps de continuer à me poser des questions, car l'intensité de la lumière diminue et la musique, jusque-là en sourdine, s'élève dans les haut-parleurs. Et aucun signe de Kane.

Autour de moi, la foule se fait silencieuse tandis qu'un décompte apparaît sur l'écran central. Aussitôt, mon regard se perd sur la glace, où les visages des joueurs défilent, suivis d'un jeu de son et lumière qui me donne la chair de poule. Je me demande ce qu'on doit éprouver, de l'autre côté de la barrière, ce que Kane ressentait à l'époque où c'était un champion, où son visage s'affichait parmi ceux de ses coéquipiers, où son nom résonnait sur toutes les lèvres. Pendant que la caméra retransmet la sortie des vestiaires sur l'écran, les arbitres font leur entrée, et rapidement, j'entends les pas des hockeyeurs près de moi. Alors que les cris de la foule reprennent, les types avancent en file indienne, acclamés quand ils pénètrent sur la glace.

Sauf que je ne leur prête plus aucune attention. Du coin de l'œil, je viens d'apercevoir un homme vêtu d'un costume cintré qui me coupe le souffle. Un homme magnifique, grand, puissant. Un homme que je n'aurais jamais pensé aimer un jour, et sans lequel je suis incapable d'être heureux.

Le regard de Kane rencontre le mien, et je crois que j'arrête de respirer. Parce que malgré la foule qui nous entoure, nous sommes seuls. Malgré l'obscurité, j'ai l'impression de pouvoir plonger dans ses yeux verts et m'y perdre. Je veux m'y perdre. Et ne jamais retrouver mon chemin, sauf s'il me mène à lui. Je veux le laisser m'aimer, même s'il ne sait pas toujours comment.

C'est alors que quelqu'un se poste devant lui et brise l'instant, et je me rends compte que peu importe ce que je souhaite, ce ne sera jamais suffisant.

F.V.Estyer

CHAPITRE 8
Kane

Je cligne des yeux lorsque le coach Keefe s'arrête devant moi. Je voudrais le pousser pour pouvoir reporter mon attention sur Cooper, mais finalement, c'est peut-être mieux comme ça. Mon cœur bat à mille à l'heure, et j'inspire profondément pour reprendre le contrôle. Bordel, le voir, ici… même si évidemment, je m'y attendais, je n'avais pas imaginé le choc que je ressentirais. Les mains crispées, je remue légèrement les doigts pour tenter de me décontracter. J'ai dû me faire violence pour ne pas tendre les bras vers lui, pour ne pas avancer, essayer de lui parler. Je me demande s'il a deviné mes intentions, mais je ne pense pas. Parce que je l'ai vu, avant que lui ne m'aperçoive, avec l'air d'un enfant paumé au milieu de la foule. Je le connais, j'ai discerné la tension dans ses épaules, ses dents plantées dans sa lèvre, son envie de fuir…

Ouais, je le connais, et j'ai dû lutter pour ne pas sauter par-dessus la barrière et le serrer dans mes bras.

— Alors, pas trop nerveux ?

Je reporte mon attention sur le coach et secoue la tête.
— Non, ça va.
Tu parles. Tout ce dont j'ai envie en cet instant, c'est une rasade de scotch. Je suis tellement stressé qu'un nœud s'est formé dans mon estomac.
— Ça va bientôt être l'heure d'entrer en scène, déclare Keefe en souriant. Je vais t'annoncer.

Je hoche la tête, tapote l'intérieur de ma veste, pour vérifier – une énième fois – que je n'ai rien égaré. Puis je sors les petits cartons que je parcours de nouveau, même si à force, je pense connaître les mots par cœur.

C'est alors que la musique s'éteint et que le coach s'avance sur la glace, micro à la main, demandant l'attention de la foule. De mon côté, j'évite de jeter un nouveau coup d'œil à Cooper pour m'assurer qu'il est toujours là. Je sais que c'est le cas. Je peux sentir ses yeux sur moi.

Croiser son regard pourrait me rasséréner, mais il pourrait surtout accroître ma nervosité. Alors je me racle la gorge, carre les épaules, et au moment où Keefe prononce mon nom, repris en chœur par les spectateurs qui applaudissent à tout rompre, que les gradins s'enflamment, un frisson parcourt ma peau. Un frisson de peur, de fierté, et de joie.

Et avec détermination, je pose mon premier pied recouvert d'un patin sur la glace.

— Parce que l'amour n'a pas de sexe, de couleur, d'âge ou de religion…

J'ai envie de ricaner devant mon hypocrisie à clamer ces paroles haut et fort. Parce que, ouais, si pour moi, l'amour n'a jamais eu de couleur ou de religion, il a un sexe, et il a un âge. Un âge qui m'a dérangé, que je n'ai pas assumé, qui m'a valu de me retrouver dans cette situation aujourd'hui. Mais il est temps d'assumer, il est temps d'inverser la tendance et de prouver à Cooper que ces mots, désormais, je les pense, sincèrement.

— Qu'est-ce qui fait une bonne personne, un athlète exemplaire, un champion de hockey ? Ses performances, son endurance, son esprit d'équipe... ou sa sexualité ?

La foule m'acclame. Les Leafs tapent de leur crosse sur la glace.

— J'espère avoir été tout ça. J'espère avoir été un joueur à la hauteur, et j'espère être quelqu'un de bien. J'ai été un compétiteur, un sportif de haut niveau, un hockeyeur accompli.

Toujours plus de cris, d'applaudissements. Je souris, mon cœur bat à toute allure.

— Et homosexuel. Pourtant, même si j'avais conscience que ça n'avait pas d'incidence sur mon jeu, mes scores et mes stats, je l'ai caché. Parce que j'avais peur. D'être rejeté, d'être mis sur la touche, de ne plus pouvoir exercer ma passion...

Les applaudissements se calment, comme si tout le monde prenait le temps de réfléchir à mon allocution.

— Mais aujourd'hui, je n'ai plus peur. Et j'espère que d'autres joueurs prendront exemple sur moi. J'espère que bientôt, au sein de la NHL ou dans l'univers du sport en général, personne ne craindra d'être privé de son rêve à cause de l'intolérance.

Je baisse mon micro, pour leur montrer que mon discours est terminé... quoique pas tout à fait. Du regard, je parcours la patinoire qui vibre sous mon nom qui résonne dans la bouche de toutes les personnes présentes. Je ferme brièvement les paupières, pour profiter de cet instant, pour m'emplir de cette chaleur, de cette ferveur, qui me nouent la gorge et me font monter les larmes aux yeux. Je reste un temps infini, au centre de la glace, un sourire aux lèvres, attendant que le monde autour de moi cesse de bourdonner.

Lorsque le calme – relatif - revient, je prends une profonde inspiration. Il est l'heure de me lancer.

— Je n'ai plus peur, et même si je suis fier de qui je suis, je dois avouer que ce courage, je ne l'ai pas trouvé tout seul...

Je songe à Beth, dont la force m'a poussé à vouloir faire mon coming-out. Je songe à mes parents, qui n'ont eu de cesse de m'exhorter à arrêter de me cacher. Je songe à Steve, à Charles et à tous ceux qui m'ont soutenu tandis que la presse se déchaînait, tandis que je me retrouvais sous le feu des projecteurs juste parce que j'avais enfin décidé d'être honnête. Envers les autres, mais surtout envers moi-même.

— Ce courage, il m'a été offert par ma famille, par mes amis, mais m'a été inspiré par une personne bien particulière. Un homme. Un guerrier. Qui s'est battu pour nous. Qui a cru en nous alors que moi, je m'y refusais. Un homme que j'ai gardé dans l'ombre, peut-être pour le protéger, davantage pour me protéger, moi. Un homme qui est là ce soir.

Des murmures s'élèvent, je vois les têtes se tourner dans tous les sens pour tenter de découvrir de qui je parle. C'est seulement à cet instant que je pivote pour faire face à Cooper. J'ai du mal à le discerner dans l'obscurité, alors je patine jusqu'à la rambarde pour me trouver à quelques mètres de lui.

— Cet homme, c'est Cooper Reid. Celui qui m'a montré ce qu'on ressentait vraiment à aimer, et à être aimé inconditionnellement.

J'ancre mon regard dans le sien. Sa bouche est grande ouverte et ses jolis yeux noisette brillent. Un frisson parcourt mon échine. C'est le moment ou jamais. Je tends le bras vers lui.

— Ce soir, il y a quelque chose que je souhaiterais lui demander.

J'avise Steve le pousser vers la barrière alors que les projecteurs se braquent sur lui. On lui ouvre le passage tandis que deux personnes déroulent un tapis pour qu'il puisse me rejoindre sur la glace sans chuter. Ses pas sont hésitants, il a l'air d'un faon qui apprend à marcher. Je vois qu'il n'en mène pas large. Ça tombe bien, moi non plus, mais je suis plus doué pour le cacher. Parce que contrairement à lui, toujours si franc, si vrai, j'ai eu des années pour parvenir à me blinder.

Lorsqu'il arrive devant moi, j'effleure sa joue du bout des doigts avec le sentiment d'enfin réussir à respirer correctement depuis plus d'une semaine. Il tressaille sous mon contact, mais ferme les yeux avant d'envelopper mon poignet de ses doigts, comme s'il voulait me retenir.

— Qu'est-ce que tu fous ? murmure-t-il.

Je souris. Je souris même si une trouille bleue s'empare de moi. Autour de nous, la foule semble retenir son souffle.

Sans répondre, je fouille dans la poche de ma veste pour en sortir un écrin puis me baisse et pose un genou sur le sol.

Si j'ai cru qu'il était surpris tout à l'heure, ce n'est rien comparé à cet instant. Il est carrément stupéfait. Je vois sa pomme d'Adam bouger lorsqu'il déglutit, sa voix est rauque quand il prononce mon nom :

— Kane...

Je secoue la tête. Je ne veux pas qu'il parle. Pas tout de suite, pas avant que je finisse ce que j'ai à faire.

— J'ai eu tort. J'ai cru que t'aimer serait suffisant. J'ai cru que même si nous vivions à l'abri des regards, le plus important était que nous soyons ensemble. J'ai eu tort et j'ai compris mon erreur. Je t'aime Cooper. Je t'aime et aujourd'hui, je veux que le monde se rende compte de l'homme incroyable que tu es. Qu'il voie ce que moi je vois : un homme fort, vrai, un homme qui m'a montré combien l'amour pouvait être beau, pouvait donner un sens à nos vies.

Son visage devient un peu flou, à cause des larmes qui envahissent mes yeux. Je ne cherche pas à les refouler. Au contraire. Je n'ai pas honte d'être ému, alors que l'homme de ma vie se tient en face de moi, droit comme un i, les joues rouges et les yeux tout aussi humides.

— Je n'ai jamais vraiment connu ce sentiment avant de te connaître toi. Et surtout, je ne m'étais jamais rendu compte à quel point tu comptais pour moi avant que tu t'en ailles. Tu me complètes, Cooper. Tu es mon tout. Et j'aimerais être le tien.

Mes mains tremblent lorsque j'ouvre l'écrin pour dévoiler une bague. Simple, élégante, le parfait reflet de son image, de sa personnalité, de l'homme qu'il est.

— S'il te plaît. Laisse-moi être le tien.

Ses yeux vont et viennent entre l'anneau et moi, comme s'il avait du mal à réaliser ce qui se passe. Peut-être est-ce le cas, peut-être que j'en fais trop, qu'il aurait souhaité quelque chose de plus intime que de sentir ces milliers de regards braqués sur lui, sur nous. Mais ce soir, je voulais qu'il voie, je voulais qu'il me croie quand j'allais lui assurer que plus jamais, je ne le mettrai à l'écart de ma vie.

— Je ne veux plus te laisser dans l'ombre, Cooper. Je veux te voir briller sous la lumière. Je veux te tenir la main dans la rue, dîner en tête à tête au restaurant. Je veux des promenades dans le parc et des vacances autour du monde. Je veux des soirées à ne rien faire d'autre qu'à regarder la télévision en nous goinfrant de plats chinois. Je nous veux, ensemble, pour toujours et à jamais.

Ma voix se brise, la boule dans ma gorge est si grosse qu'elle menace de m'étrangler. Malgré tout, je continue, prêt pour les mots qui scelleront notre destin commun.

— Alors, Cooper Reid, acceptes-tu de m'épouser ?

CHAPITRE 9
Cooper

Je cligne des paupières, espérant chasser la brume qui s'est emparée de mon esprit. Je dois avoir échoué dans la Quatrième Dimension. C'est forcément ça. Parce que dans la vraie vie, c'est impossible que Kane soit devant moi, un genou à terre, une bague à la main. C'est impossible qu'il ait prononcé ces mots, cette phrase, qui résonnent en moi, jusqu'à mon cœur, jusqu'aux tréfonds de mon âme.

Acceptes-tu de m'épouser ?

A-t-il dit ça ? Le souffle court, je rive mon regard au sien. Ses iris verts sont humides et lumineux, ses joues arborent des traces salées. Est-ce réel ? Je voudrais me pincer pour le croire, je voudrais lever les yeux pour être certain que je me trouve bien au centre de la patinoire, entouré d'une foule de supporters. Je voudrais me retourner et voir mon père hocher la tête pour m'assurer que je ne rêve pas. Que l'homme sur qui j'avais cru devoir tirer un trait vient de me demander… en mariage.

Sauf que je suis incapable de détourner le regard, et avant d'en avoir vraiment conscience, je me retrouve à genoux moi aussi, juste devant lui.

— Kane…

Son nom s'échappe de mes lèvres en un murmure, une prière, presque. Lui m'observe, les yeux emplis d'espoir et de questions, de peur et d'amour.

Pourtant, il sourit. Alors je souris également. Et c'est dans un souffle étranglé que je prononce ce simple mot :

— Oui.

Il ne dit rien, se contente de me fixer, et l'espace d'un instant, je me demande s'il m'a bien entendu. Ou peut-être l'ai-je pensé sans le formuler ?

Déglutissant, j'acquiesce tandis qu'un immense sourire ourle mes lèvres.

— Oui, Kane. Bien sûr que oui.

Son visage s'illumine et alors qu'il s'apprête à sortir la bague de son écrin, je n'y tiens plus, je me jette sur lui.

Ses bras se referment autour de moi et je pousse un soupir de soulagement en nichant mon nez contre son cou. Je respire son odeur, frotte ma joue contre sa barbe. Je l'agrippe avec force, voulant m'ancrer dans la réalité de cet instant.

Et tout autour de nous, la foule se déchaîne.

Mon sourire béat ne disparaît pas de tout le match, tout comme la main de Kane ne lâche pas la mienne. Je sais que je devrais me concentrer sur le jeu, mais je ne peux qu'admirer ma bague, encore et encore, comme si je craignais qu'elle s'évapore si je la quittais des yeux.

C'est marrant, parce qu'à chaque fois que la tension est à son comble sur la glace, les doigts de Kane se resserrent entre les miens. C'est quasiment le seul moment où je réagis et lui jette un regard en coin. Évidemment, il le sent, et tourne à chaque fois la tête pour me sourire doucement. On a l'air de deux crétins amoureux. En fait, on n'en a pas seulement l'air. On l'est. Amoureux. Crétins aussi, sûrement.

J'ai toujours du mal à réaliser ce qui vient de se passer. Cette déclaration, ici, alors que nous étions sur la glace, entourés de milliers de personnes… c'est totalement dingue. Certains diraient « trop » et peut-être que c'est le cas, mais au moins, une chose est sûre, désormais, je peux être certain que notre relation va changer. À l'idée de ne plus avoir à nous cacher, de pouvoir être comme tout le monde, mon cœur fait des bonds. Je n'ai qu'une seule hâte, c'est d'arpenter les rues avec la main de Kane dans la mienne. C'est peut-être idiot, et pas grand-chose finalement, mais c'est ce qui a été le plus douloureux à encaisser depuis que nous sommes ensemble. Cette distance, même infime, entre nous lorsque nous étions en public, cette obligation de me réfréner de le toucher, de l'effleurer, en présence de témoins. Mais tout ça est derrière nous désormais, et je compte en profiter à fond.

La vibration de mon portable me sort de mes pensées et je l'extirpe de ma poche. Les messages affluent depuis tout à l'heure. Je n'ai pas pu attendre avant d'annoncer la nouvelle à mon groupe de potes en leur envoyant une photo de l'anneau à mon doigt.

« Félicitations !! Je suis tellement content pour vous ! » de Jude.

« Putain, tu vas épouser Ackermann ? Je suis en train de crever de jalousie » de Ian.

« Génial ! Je vous souhaite plein de bonheur, vous le méritez » de Daniel.

« Tu te maries ? T'es malade ? Tu penses à tous les petits culs sur lesquels tu vas tirer un trait ??!!! » de Win.

« L'écoute pas, si jeune et déjà aigri… à quand la cérémonie ? » d'Avery.

« Tu crois qu'il va inviter des potes hockeyeurs au mariage ? C'est pour un ami » de Shane.

« Bravo, mec. » de Colt, simple et concis.

« Beau bijou. Même si en matière de bague, je préfère un *cockring*. Au fait, tu seras sympa de te pointer avec une bouteille de vodka pour me remercier de ma fabuleuse idée » de… Zane, qui d'autre ?

Je réponds à tout ce petit monde – d'une main, ce qui est peu pratique – et lorsque la sonnerie résonne pour signaler la fin du premier tiers temps, je sursaute. Levant les yeux vers l'écran, je me rends compte que les Leafs mènent deux-zéro.

Honnêtement, si ça n'avait tenu qu'à moi, je ne serais pas resté pour mater le match. J'aurais entraîné Kane dans l'hôtel le plus proche. J'ai émis l'idée, face à laquelle il a éclaté de rire, même si son regard brillant et son sourire malicieux ne trompaient pas. Bien sûr, c'était hors de question ; parce qu'il fallait fêter ça, et qu'abandonner mon père et ses parents n'aurait pas été très poli, bien que je sois certain qu'ils auraient compris.

« Je te promets que l'attente vaudra le coup », m'a-t-il murmuré tout à l'heure, me faisant frissonner d'anticipation.

J'ai tellement hâte que les minutes semblent s'écouler à la vitesse d'un escargot sous somnifère.

Je me tortille sur mon siège et décide qu'il est temps d'aller me dégourdir les jambes. Même si je n'ai jamais été aussi heureux qu'en cet instant, je dois avouer que sentir toutes ces paires d'yeux sur moi me stresse un peu. Je n'ai jamais aimé être au centre de l'attention, et autant dire que ce soir, ça ne loupe pas.

— Je vais aller me chercher une bière, quelqu'un veut quelque chose ?

La poigne de Kane se resserre et je lui adresse un regard surpris.

— Je te conseille de rester ici. Ce sera un exploit si tu réussis à atteindre la buvette avant que le match redémarre.

Il me faut quelques instants pour comprendre où il veut en venir. Merde, je n'avais pas pensé à ça, mais c'est clair que je vais me faire alpaguer à peine aurai-je quitté mon siège. Voilà ce que c'est, d'être sur le point d'épouser un champion de hockey.

— Ne me dis pas que tu regrettes déjà, me titille Kane en découvrant mon expression.

Je sais qu'il dit ça pour rire, pourtant, je ne peux m'empêcher de me demander si c'est son cas, et comme je préfère en avoir le cœur net plutôt que de me poser cette question en boucle, je rétorque :

— Pourquoi, toi oui ?

Après tout, peut-être que sa demande est tout ce qu'il a trouvé pour me récupérer. Ce qui me fait plaisir, mais je n'aimerais pas que ce ne soit rien de plus qu'un acte de désespoir.

Ce soir, il m'a prouvé combien il m'aimait, mais je n'avais pas besoin qu'il me passe la bague au doigt pour ça. Surtout que le mariage, il a déjà donné, bien que je souhaite de tout mon cœur que le nôtre soit plus « vrai ».

Il se penche vers moi et dépose un baiser à la commissure de mes lèvres. Juste comme ça. Sans même y songer. Devant tout le monde. Toute cette foutue patinoire.

— Jamais, Cooper.

Son ton est si sérieux que je suis incapable de répondre, la gorge trop sèche.

— Je pensais ce que je t'ai dit. Pour toujours et à jamais.

Et ses larmes sont de retour. Des larmes qu'il essuie du bout du pouce avant d'embrasser ma joue.

— Je t'aime. Je t'aime comme un fou et je regrette d'avoir pris notre relation pour acquise. Et je te promets que ça ne se reproduira plus, tu m'entends ?

Et à travers mes yeux embués, je vois les siens, pas vraiment secs non plus. Alors je pose mon front contre le sien et murmure :

— Je t'aime aussi.

CHAPITRE 10
Kane

En fait, je crois que j'ai eu une bonne idée de faire ma demande juste avant un match des Leafs : me concentrer sur le jeu m'aide à ne pas trop flipper.

Parce que, putain, je flippe à fond. Je vois bien que Cooper est heureux, à son sourire béat et à ses yeux brillants. Malgré tout, je n'arrive pas à m'abstenir de me demander si tout ça ne va pas retomber comme un soufflé lorsqu'il se rendra vraiment compte de ce qui vient de se passer. Quand la bulle de bonheur dans laquelle nous flottons finira par exploser, quand l'adrénaline aura quitté ses veines, que nous nous retrouverons seuls, tous les deux, et qu'il réalisera le pas que nous venons de franchir.

Il est jeune. Qui aurait envie de se marier à son âge au lieu de profiter de ce que la vie lui réserve ? Même si je prie de toutes mes forces pour que son « oui » ait été sincère, je crois que je ne lui en voudrais pas s'il décidait de faire marche arrière. J'ai conscience de ce que je lui demande, et de toute façon, nous ne sommes pas obligés de nous unir dans la seconde. Ça peut attendre jusqu'à ce qu'il soit prêt, bien que pour tout avouer, maintenant que je sais que c'est une possibilité, si ça ne tenait qu'à moi, nous serions déjà en train de signer ces foutus papiers. C'est ridicule, d'être si pressé, mais je crève de trouille qu'il s'en aille une seconde fois.

Pourtant, je suis bien placé pour savoir qu'un mariage ne signifie pas grand-chose. Sauf que cette fois, c'est différent. C'est un réel engagement, c'est la promesse de nous aimer le restant de notre vie, et même après.

Heureusement, s'il doit me rejeter, ce ne sera pas pour tout de suite. Pour l'instant, nous prenons le temps d'apprécier notre soirée, et quoi qu'il en soit, rien que de sentir sa main dans la mienne et son corps près du mien, je sais déjà qu'elle ne pourra jamais être plus parfaite que ça.

Et comme si toutes les étoiles s'étaient alignées pour clore parfaitement cette journée inoubliable, les Leafs ont gagné. Je crie et applaudis à tout rompre lorsque la fin du match retentit avant de serrer Cooper fort dans mes bras. Il rit et secoue la tête.

— Je suis sûr que si j'avais refusé, tu serais dans le même état.

J'attrape son menton entre mon pouce et mon index pour l'inciter à ancrer son regard au mien.

— Cooper, si tu m'avais dit non, tu m'aurais retrouvé roulé en boule dans les vestiaires.

— Une grosse boule alors, réplique-t-il avec un clin d'œil.

Je le relâche et cligne des paupières.

— Tu peux répéter ?

Mais il se contente de m'offrir un sourire insolent.

Je me tapote le ventre et me penche vers lui pour lui murmurer à l'oreille :

— Si tu continues comme ça, ce corps parfait que tu as devant toi, tu n'auras pas le droit de le toucher.

— C'est ce qu'on verra, ricane-t-il, puis il se tend vers moi pour m'embrasser rapidement.

L'espace d'une fraction de seconde, je ne peux retenir un mouvement d'hésitation que je crois imperceptible, mais que Cooper n'a pas manqué de remarquer. Pourtant, nous avons échangé plusieurs baisers ce soir, je ne sais pas pourquoi j'ai hésité. Certainement les vieux réflexes qui refont surface. Mon cœur rate un battement et une panique soudaine enfle en moi, persuadé qu'il va s'en retrouver blessé. Sauf qu'à ce moment-là, il m'attrape par le bas de ma chemise pour plaquer plus fermement ses lèvres sur les miennes.

— Désolé, je souffle contre sa bouche.

Il m'embrasse une nouvelle fois puis recule.

— Tu finiras par t'y habituer, tu verras.

Je hoche la tête et ôte une mèche de cheveux châtain qui lui tombe sur le front.

— Je ne demande que ça.

Si Cooper a été surpris par ma demande en mariage, ce n'est rien comparé à ce qui nous attend à l'extérieur. Alors que nous quittons la patinoire, des spectateurs nous alpaguent, ainsi que des journalistes. J'entends mon nom s'élever dans l'air frais, et j'offre des sourires et des réponses brèves. Je signe même des autographes aux gens qui se pressent autour de nous. Les flashs des appareils photo crépitent, et les téléphones ne sont pas en reste. Après un bon bain de foule, nous parvenons à rejoindre la voiture de mes parents dans laquelle nous montons rapidement. Je pousse un soupir de soulagement et me tourne vers Cooper pour m'assurer qu'il va bien. Il a l'air hagard et tremble un peu. Décidément, cette soirée aura été mouvementée pour lui.

— Bon sang, c'était de la folie ! s'écrie-t-il.

J'acquiesce. Ouais, c'était assez dingue, en effet, mais je ne peux nier que je m'y attendais. Je suis un enfant du pays, j'ai joué pour les Leafs de très nombreuses années, et s'il y a bien un truc que les Canadiens ont dans le sang, c'est le hockey. Aussi je ne suis pas surpris d'avoir suscité autant d'engouement et d'intérêt.

Dans la poche de ma veste, mon portable ne cesse de vibrer. Je n'ai même pas envie d'y jeter un coup d'œil, parce que je sais très bien ce que je vais y trouver. Des appels de Charles, mon avocat, peut-être de mon ancien agent, des demandes d'interviews, de shootings photo. Un frisson se propage le long de mon échine.

— Je suis désolé, dis-je en serrant la cuisse de Cooper. Ça a dû être un peu terrifiant.

Pour toute réponse, il hausse les épaules, comme si ce n'était pas grand-chose, alors que je sais pertinemment ce que l'on ressent, la première fois que l'on est confronté à ça.

— Je ne m'étais pas rendu compte que c'était à ce point-là, c'est tout. Entendre ton nom résonner tout autour de moi... c'était juste un peu étrange.

Je souris et délaisse sa cuisse pour caresser son poignet.

— Mon annonce a eu un sacré effet. Je m'y attendais, mais j'aurais peut-être dû te briefer. Encore désolé.

Il ricane et croise mon regard.

— Tu parles. Tu n'es pas désolé du tout, tu en as adoré chaque minute.

Décidément, je ne peux rien lui cacher. Il a entièrement raison, parce qu'il me connaît. Même si je ne suis plus dans le circuit depuis longtemps, je sais l'impact que j'ai eu sur les gens. Et j'en suis fier. Fier de ma carrière, heureux d'avoir été au bout de mes rêves. D'avoir été un modèle, une idole. Et revivre cette ferveur c'était... grisant, gratifiant. Encore plus avec Cooper comme témoin. L'avoir là, tout près de moi, lui montrer combien j'ai compté pour cette ville, qu'il voie par lui-même l'athlète que j'ai été... c'est peut-être de l'orgueil, ou peut-être un besoin de me rassurer en me disant que lui aussi doit être fier... fier de l'homme qu'il s'apprête à épouser. Du moins, j'espère.

Il est près d'une heure du matin quand nous rejoignons l'hôtel dans lequel j'ai réservé une chambre. J'ai tout planifié, alors heureusement que les choses se sont déroulées comme escomptées, ou j'aurais eu l'air très con, en plus d'écoper d'un cœur brisé.

C'est toujours sans nous lâcher que nous avançons jusqu'à la réception sous les regards amusés du personnel ; apparemment, tout Toronto est au courant. Cooper a les joues rouges et les cheveux ébouriffés. Lui qui ne boit pas beaucoup, il a décidé de faire une entorse ce soir, et a sifflé plusieurs coupes de champagne dans le bar où nous avons échoué après notre dîner.

— J'espère que tu n'essaies pas de te noyer dans l'alcool pour oublier ce qui s'est passé, lui ai-je soufflé une fois dans le taxi, après avoir abandonné nos parents respectifs.

Il a gloussé, et l'espace d'un instant, il est redevenu le type jeune et presque trop innocent qu'il était il n'y a pas si longtemps, dans ce chalet de montagne.

Mon cœur s'est serré, mais tout est revenu à la normale lorsqu'il m'a embrassé.

— Je ne risque pas de l'oublier un jour, crois-moi.

— Au pire, je suis sûr que tu pourras trouver des tas de photos et de vidéos sur le net pour te le rappeler.

Il a tenu à me prendre au mot, et a passé le reste du trajet à parcourir les clichés déjà mis en ligne par les personnes présentes ce soir. Il me les a montrés, un à un, en les commentant, et a fini par se plaindre parce qu'aucun d'eux ne lui convenait.

Alors il a décidé de sortir son propre téléphone, et là, à l'arrière de ce taxi, nous avons pris un selfie, légèrement flou, légèrement alcoolisé, absolument parfait.

CHAPITRE 11
Cooper

Dans l'ascenseur, nous nous dévorons du regard. Je voudrais plaquer Kane contre la paroi et l'embrasser, mais pas certain que les deux autres personnes avec nous dans la cabine apprécieraient. Heureusement, la montée dure moins d'une minute, et nous nous retrouvons rapidement dans le couloir désert. Alors que je crève de sentir ses mains sur moi, Kane m'attrape par la taille et me colle contre le mur pour prendre avidement ma bouche. Sa barbe râpe contre ma joue tandis que sa langue s'insinue entre mes lèvres entrouvertes.

— Tu m'as tellement manqué, putain, souffle-t-il entre deux baisers.

Je voudrais répondre, mais je suis trop occupé à profiter à fond de ses dents mordant ma lèvre, de ses doigts se glissant sous mon pull pour caresser ma peau nue.

Soudain, une porte claque et nous sursautons de concert. Immobile, je jette un regard alarmé autour de moi tandis que Kane ricane.

— Tu as peur qu'on t'arrête pour outrage ? demande-t-il d'une voix amusée.

— Dixit celui qui n'osait même pas me tenir la main dans la rue.

Son sourire se meurt et je me sens aussitôt coupable de lui avoir balancé ça. Surtout maintenant, alors qu'il m'a prouvé que ce n'était plus le cas.

— Désolé, j'aurais dû la fermer.

Il secoue la tête et se plaque de nouveau contre moi.

— Tu n'as pas à t'excuser. J'ai merdé. Mais je veux que tu me croies quand je te dis que je ne te laisserai plus jamais dans l'ombre.

Il est si sérieux tout à coup, ses mots me font frissonner. J'acquiesce et son sourire est de retour.

— Mais je devrais sûrement éviter de te le prouver en te suçant dans le couloir. J'ai peut-être appris de mes erreurs, mais je n'ai pas encore passé le cap de l'exhibitionnisme.

J'éclate de rire, lève la tête pour déposer un rapide baiser sur ses lèvres avant de lui prendre la main.

— Allez, Ackermann, emmène-moi dans cette chambre pour qu'on puisse enfin se mettre à poil.

Sauf qu'il ne l'entend pas de cette oreille. À peine ai-je émis cette suggestion qu'il m'attrape par la taille pour me porter. Je ne peux retenir un petit cri et passe instinctivement mes jambes autour de lui pour éviter de tomber.

— Qu'est-ce que tu fous ?

— Ça ira aussi vite comme ça, répond-il avec un clin d'œil avant d'avaler le sol de ses grandes enjambées.

Et tandis qu'il remonte le couloir, il ne cesse de m'embrasser, de déposer des baisers sur mes joues, mon menton, d'enfouir son nez dans mon cou.

— On va finir par se prendre un mur.

Il rit et continue d'avancer, comme si je ne pesais rien. J'ai peut-être perdu quelques kilos ces derniers temps, mais tout de même.

— Accroche-toi, me dit-il une fois devant la porte.

J'obéis, resserre mes jambes autour de lui tandis qu'il fouille dans la poche de son pantalon et en sort une clé magnétique.

— Tu peux me lâcher maintenant, dis-je alors que nous pénétrons à l'intérieur de la pièce.

Son regard croise le mien et le capture, et il reste à me fixer quelques secondes avant de répondre :

— Jamais.

Je glisse une main dans ses cheveux et l'embrasse profondément pendant qu'il referme la porte d'un coup de pied. Tout à coup, mon dos heurte le mur avec un bruit sourd.

— Merde, ça va ? demande-t-il d'une voix inquiète.

— Tais-toi et embrasse-moi.

Et autant dire qu'il ne se fait pas prier.

Sans jamais rompre notre étreinte, mes doigts trifouillent les boutons de sa chemise pour accéder à sa peau. Je glisse mon nez le long de sa mâchoire, jusqu'à sa gorge où j'aspire sa pomme d'Adam. Il commence à ruer contre moi, et je laisse échapper un halètement en sentant son érection contre la mienne.

Kane, lui, profite que je suis bien calé pour entreprendre de dégrafer mon jean. Il passe sa main sous mon boxer et serre ma queue entre ses doigts. J'ondule du bassin, me poussant dans sa paume, cherchant toujours plus de contact.

Je gémis tout en léchant son torse, mordille ses mamelons dressés désormais visibles. Bon sang, retrouver l'odeur de sa peau, la fermeté de ses muscles, les sensations procurées par ses caresses… j'ai l'impression de les découvrir pour la première fois, après avoir cru ne plus jamais pouvoir ressentir tout ça à nouveau.

Mon cœur bat vite, le sang pulse dans mes veines tandis que je retrace ses clavicules de ma bouche.

Pourtant, ce n'est toujours pas suffisant. J'ai besoin de plus. De tellement plus. Je veux son corps nu contre moi, souder chaque parcelle de nos corps, je le veux lui, tout entier, sans aucune barrière. Je veux m'assurer que tout est réel, qu'il est bien là, que nous nous sommes retrouvés, pour de bon cette fois.

Pour toujours et à jamais.

Les mots de Kane résonnent dans mon esprit, et soudain, l'émotion qui m'étreint est si forte que j'en ai la gorge nouée et les larmes aux yeux.

Je pose mon front contre son torse, essayant de cacher à Kane à quel point je suis bouleversé. J'aurais dû savoir que je ne pourrais pas le tromper.

— Hé...

Il libère mon sexe pour saisir mon menton et m'obliger à lever la tête. De sa bouche, il aspire mes larmes, effleure mes joues, frotte son nez contre le mien.

Puis il ancre son regard au mien et m'offre le plus doux des sourires avant de me serrer fort contre lui.

Je pousse un soupir de bonheur. J'ai retrouvé ma place, ici, entouré de ses bras, tel un cocon protecteur.

Il me détache du mur et se dirige vers le lit sur lequel il me dépose avec délicatesse.

Son grand corps recouvre le mien, et de nouveau, il m'embrasse.

— Je suis sincèrement désolé de t'avoir fait du mal, Cooper. Je suis désolé d'avoir été aussi aveugle.

Je tends la main pour caresser sa joue, sa mâchoire recouverte de barbe, remonte le long de ses tempes jusqu'à ses cheveux sombres.

— Mais tout va bien maintenant, pas vrai ? je murmure.

Malgré ce qui s'est passé ce soir, je ressens toujours le besoin d'être rassuré.

— Mieux que bien, souffle-t-il en se penchant pour m'embrasser. Je suis à toi, Cooper, et je ferai tout ce qui est en mon pouvoir pour que plus jamais tu ne t'échappes.

Je ris malgré mes émotions à vif, emprisonne ses joues entre mes mains et glisse ma langue entre ses lèvres dans un baiser profond et dévastateur, scellant la promesse d'un avenir qui ne dépend que de nous, et que je ferai tout mon possible pour préserver.

Nous finissons par perdre la notion du temps. Du moins, c'est mon cas. Nous redécouvrons l'autre, rattrapons le temps perdu à cause de l'incompréhension et de nos insécurités. Chacun de ses baisers, chacune de ses caresses, embrase mes sens et me fait frissonner. Pourtant, malgré le désir qui ne cesse de grimper, malgré nos halètements partagés tandis que nos corps ondulent tranquillement l'un contre l'autre, nous y allons doucement. Plongés dans notre éternité, nous ne sommes pas pressés. Peu importe si les heures s'égrènent, pourvu que je puisse rester ici, sur ce lit, enroulé dans la chaleur de Kane.

Enfin, alors que nos lèvres sont gonflées et mon visage rougi à cause de sa barbe, Kane lève les yeux et me sourit.

— Tu voulais qu'on se foute à poil... pourquoi ce n'est pas encore le cas ?

Je glousse et secoue la tête. Certes, nous sommes totalement débraillés à présent, mais nos vêtements commencent à être de trop.

— Tu es bien impatient.

— Tu me rends impatient.

Il rit et baisse les mains vers mon pull pour le remonter le long de mon torse et me l'enlever.

— Voilà qui est mieux, dit-il, satisfait. Même si c'est encore loin d'être idéal.

Nous entreprenons de nous déshabiller totalement, et je pousse un soupir de contentement lorsqu'après avoir lutté, je me retrouve de nouveau sous lui, complètement nu cette fois-ci.

Enfonçant mes doigts dans la peau de ses hanches, je me cambre contre lui, frottant sa verge contre la mienne.

Il grogne et attrape ma bouche, et je devine son avidité lorsqu'il rue contre moi.

— J'ai tellement envie de toi, souffle-t-il entre deux baisers, puis il commence à se baisser pour tracer un chemin humide de mes pectoraux jusqu'à mon ventre.

Ses lèvres se posent enfin sur mon gland et je frémis lorsqu'il me lèche sur toute la longueur.

— Attends...

Il relève la tête et fronce les sourcils.

— Quoi ?

— Je n'ai pas envie d'être le seul à en profiter.

Son sourire se fait carnassier, et il enfonce ses dents dans ma cuisse avant de se redresser.

— Ouais, je suis d'accord.

F.V.Estyer

CHAPITRE 12
Kane

C'est dingue, ce manque que j'ai ressenti ces derniers jours et que je peux enfin combler. Ce manque de lui, ce manque de nous, que j'espère ne plus jamais connaître. Tout en me retournant et en me glissant sur le côté, je couvre de baisers chaque grain de peau à ma portée. Je m'attarde sur le torse de Cooper, son ventre, son flanc, ses cuisses, avant de reprendre son érection entre mes lèvres. Je gémis lorsqu'il m'imite et ondule pour s'enfoncer au fond de ma gorge. J'adore cette sensation, goûter sa saveur sur ma langue, l'entendre haleter tandis qu'il m'aspire toujours plus profondément. Il ne m'en faudrait pas beaucoup pour jouir, mais je n'ai pas envie de précipiter les choses. Ce soir, il est question de nous, du plaisir partagé, de laisser nos corps s'aimer.

Libérant son érection de mes lèvres, j'entoure son gland de ma langue avant de le sucer doucement. Cooper rue contre moi et son gémissement se répercute jusque sur ma queue. Il pousse un grognement de frustration lorsque j'abandonne sa verge, embrassant de nouveau l'intérieur de ses cuisses. Un frisson parcourt mon échine tandis qu'il m'aspire tout au fond de sa gorge.

— Attends…

Ma voix n'est rien de plus qu'un murmure rauque.

Il relève la tête et croise mon regard en souriant. Ses pupilles sont dilatées, ses yeux brillent, et une bouffée de tendresse et d'amour m'envahit.

— Viens.

Je tends le bras, l'invitant à se retourner pour me rejoindre. Cooper rampe jusqu'à moi, recouvre mon corps du sien. Sa bouche trouve la mienne dans un baiser profond et lent tandis que nos langues se mêlent.

Nos queues humides et érigées frottent l'une contre l'autre et je me cambre contre lui, quémandant. Je veux plus. J'ai besoin de plus. Comme un signal, j'écarte les cuisses, lui montrant ce que j'attends. Il lève la tête, glisse deux doigts dans sa bouche, et je l'admire, fasciné par son visage rougi, par le regard enflammé qu'il porte sur moi. Sans détourner les yeux, sa main s'insinue entre mes jambes jusqu'à mon entrée qu'il titille du bout du pouce, m'arrachant un gémissement.

Je me pousse contre lui, espérant qu'il aille plus loin, mais il ne semble pas pressé.

— Tu as l'intention de me faire languir, pas vrai ?

Il acquiesce, sans jamais que son sourire ne le quitte, mais je le fais disparaître en l'embrassant.

C'est dingue à quel point je pourrais passer mes jours et mes nuits à sentir sa bouche contre la mienne, son corps contre le mien, ses doigts qui m'attisent sans cesse.

Lorsqu'il les enfonce enfin en moi, je frissonne et lui mords les lèvres. Putain, j'ai l'impression d'avoir attendu une éternité pour qu'il me touche comme il le fait, allant et venant en moi, m'étirant tandis qu'il plante ses dents dans ma mâchoire, mon menton, qu'il niche sa tête au creux de ma gorge et aspire ma pomme d'Adam.

— J'ai tellement envie de toi, souffle-t-il en glissant son nez le long de mon torse avant de prendre mon téton entre ses lèvres.

Je soupire et ondule contre lui, enfonçant ses doigts tout au fond de moi.

— Alors arrête de jouer et baise-moi.

Son rire vibre contre moi tandis qu'il replie légèrement ses doigts toujours en moi, m'arrachant un frémissement. Ma main remonte le long de son dos, se perd dans ses cheveux ébouriffés alors que l'autre s'insinue entre nos corps pour entourer nos érections et les caresser au rythme des doigts de Cooper en moi. Nos peaux sont de plus en plus moites, nos souffles de plus en plus erratiques. J'écarte davantage les cuisses, l'incitant à m'offrir ce que j'attends. Sa bouche se pose une dernière fois sur la mienne, goûtant mes lèvres, aspirant ma langue, puis il se redresse et empoigne sa queue, sur laquelle il dépose une généreuse dose de salive qu'il étale avant de s'occuper de mon entrée.

— Tu es prêt ? demande-t-il.

— Plus que jamais.

Il me sourit, d'un sourire qui se transforme en gémissement lorsqu'il s'enfonce en moi. Je me crispe, agrippant les draps, serrant les dents. Mais rapidement, je me détends, mon corps s'adaptant avec facilité à la présence de Cooper, comme si lui aussi était avide de retrouver les sensations procurées par sa verge qui me remplit.

— Ça va ?

Ses doigts effleurent mon visage, retraçant ses courbes, comme s'il cherchait à m'apprendre par cœur.

— C'est parfait.

Il se penche et m'embrasse, doucement d'abord, puis d'un baiser plus appuyé tandis qu'il me pénètre profondément.

Nous retrouvons rapidement notre rythme, celui que nous connaissons si bien. Nous bougeons en harmonie, comme une mélodie que nous sommes les seuls à entendre.

J'aime que nos corps s'emboîtent aussi bien, se fondent l'un dans l'autre avec un naturel et une facilité nés de l'habitude, des heures à s'enlacer et à faire l'amour.

Cooper glisse ses mains sur mon torse, tord et pince mes tétons, me faisant gémir. Puis il remonte jusqu'à mes épaules, descend le long de mes bras pour agripper mes poignets qu'il finit par caler au-dessus de ma tête.

J'enroule mes jambes autour de sa taille pour le sentir plus près de moi, pour qu'il me baise toujours plus profondément. Il se penche, m'embrasse encore et encore, et nous nous perdons totalement dans l'instant. Le monde pourrait prendre fin, tout pourrait s'écrouler autour de nous que je ne m'en rendrais même pas compte. Parce que rien d'autre n'a d'importance que le corps de Cooper soudé au mien, ses lèvres chaudes et gonflées, sa queue qui va-et-vient de plus en plus vite, de plus en plus brutalement.

Nos gémissements envahissent la chambre, accompagnés du bruit de la chair claquant contre la chair, des halètements et des mots murmurés dont le sens se perd sous le plaisir qui nous assaille.

— Caresse-toi, chuchote-t-il contre mon oreille avant d'en mordiller le lobe.

Il relâche mon poignet et j'obéis, étalant le liquide qui coule de mon gland pour faciliter les mouvements de ma queue emprisonnée dans ma paume.

Nos lèvres glissent les unes contre les autres, je frissonne, je m'enflamme. Et sans jamais lâcher son regard, je me masturbe pendant qu'il me baise, jusqu'à ce qu'une vague d'euphorie déferle en moi. Je la laisse m'emporter, le souffle court, en psalmodiant le prénom de Cooper telle une prière.

Et c'est ensemble, comme nous avons si bien appris à le faire, que nous jouissons. Cooper s'immobilise, les muscles tendus, les joues rouges et la mâchoire crispée, son sperme m'emplissant tandis que je me déverse sur mon ventre. Puis il s'affale sur moi, sans jamais quitter mon corps, et je l'entoure de mes bras, nous enfermant dans cette bulle de béatitude post-orgasmique que je voudrais ne jamais voir exploser.

Un peu plus tard, après une deuxième étreinte, plus urgente, plus intense, nous sommes toujours allongés dans le lit, nus, et venons de terminer un en-cas commandé au room-service.

— Je crois que je pourrais passer ma vie ici, à poil dans ce lit, à bouffer et à baiser, dis-je en caressant distraitement le bras de Cooper.

— Tu te ferais vite chier.

Je porte mon attention vers lui et lui offre un sourire.

— Avec toi ? Jamais.

Il lève les yeux au ciel et secoue la tête.

— J'aimerais bien voir ça, tiens. On finirait par ne plus pouvoir se supporter.

Peut-être qu'il a raison. Mais je n'imagine pas que ça puisse être le cas un jour.

— Ça veut dire que tu ne viendrais pas habiter avec moi si je te le demandais ?

Je sens Cooper se tendre à mes côtés. Est-ce que j'en attends trop ? Est-ce que c'est quelque chose qui pourrait le faire fuir, l'idée de nous deux, ensemble pour de bon ?

C'est vrai que nous n'avons jamais abordé le sujet, parce que notre relation nous convenait bien telle qu'elle était. Lui sur le campus, moi dans mon appartement, nous retrouvant le week-end pour passer du temps tous les deux.

— C'est une proposition ? Parce que deux dans la soirée, tu pètes tous les scores, déclare-t-il en souriant, et je me détends.

— Ouais, à ce propos... tu sais qu'on peut attendre, pas vrai ? Pour nous marier, je veux dire. J'ai conscience que tu es encore jeune et que tu n'as pas forcément envie de...

— Je te coupe tout de suite avant que tu dises davantage de conneries et qu'on finisse par s'engueuler.

Je déglutis, et mon cœur bat un peu trop vite, tout à coup. Cooper bouge jusqu'à se retrouver assis sur ma taille, s'assurant de me regarder dans les yeux.

— Je t'aime, Kane. Et je veux t'épouser. Peu importe mon âge. Je veux qu'on se marie, qu'on vive ensemble et qu'on ait un chat.

— Un chat ? je répète en fronçant les sourcils.

— Ou un lapin, une tortue ou un poisson rouge, je m'en fous. Et je n'ai pas envie d'attendre des années pour planifier notre mariage. Je suis même prêt à prendre un avion pour Vegas ce soir, si tu as besoin de t'assurer que je suis sérieux, et que je veux tout ça.

Ma gorge se noue et j'ai l'impression que je vais me briser en un millier de morceaux en entendant ces mots. C'est un peu tremblant que je tends le bras pour emprisonner sa joue dans ma paume.

— Vraiment ? je souffle.

— Vraiment, Kane. Tu m'as demandé si j'acceptais de t'épouser, et qu'est-ce que j'ai répondu ?

Je déglutis et ferme brièvement les yeux tandis que je tente de me souvenir comment respirer.

— Tu as dit oui, mais...

— Pas de « mais », réplique-t-il sèchement avant de se baisser pour plaquer ses lèvres contre les miennes.

Je glisse mes bras autour de lui et le serre fort contre moi, m'imprégnant de sa chaleur, écoutant son souffle régulier, me gorgeant de sa présence et de l'odeur de sa peau. Nous restons un temps infini, enlacés, le silence nous enveloppant.

— J'ai une idée, s'exclame finalement Cooper en se redressant. Et si on faisait ça en décembre ?

— Décembre dans deux mois ? dis-je en clignant des yeux.

— Non, crétin. Décembre au mois de juillet.

Je lui assène une petite tape sur les fesses tout en lui lançant un regard outré.

— Ce serait génial, tu ne trouves pas ? Toi, moi, notre famille et quelques amis, à Aspen.

— À Aspen ?

— Ouais. Parce que c'est là où tout a commencé entre nous.

Et où moi j'ai su que même si j'essayais de lutter, j'étais foutu. Que Cooper avait rampé sous ma peau et que j'étais déjà incapable de me passer de lui. Quelques jours, c'est tout ce qu'il lui avait fallu pour chambouler mon monde et m'entraîner dans une spirale. Totalement flippante, mais carrément incroyable.

Voyant que je le dévisage sans répondre, Cooper fronce les sourcils.

— Tu n'aimes pas mon idée ?

Un sourire se dessine sur mes lèvres.

— Au contraire, je l'adore.

DEUXIÈME PARTIE
Forever

"Talk. Let's have conversations in the dark
World is sleeping, I'm awake with you
Watch Movies that we've both already seen
I ain't even looking at the screen, it's true
I got my eyes on you
And you say that you're not worth it
You get hung up on your flaws
Well, in my eyes you are perfect as you are
I will never try to change you
I will always want the same you
Swear on everything I pray to
That I won't break your heart
I'll be there when you get lonely
Keep the secrets that you told me
And your love is all you owe me
And I won't break your heart."[2]

Conversations In the Dark – John Legend

---

[2] Parlons, discutons dans l'obscurité. Le monde est endormi, je suis éveillé avec toi. Regardons des films qu'on a déjà vus, je ne regarde même pas l'écran. C'est vrai, je n'ai d'yeux que pour toi. Et tu dis que tu n'en vaux pas la peine. Tu t'accroches à tes défauts. Hé bien, à mes yeux, tu es parfait tel que tu es. Je n'essaierai jamais de te changer. Je voudrai toujours la même personne que tu es. Je jure sur tout ce pour quoi je prie que je ne te briserai pas le cœur. Je serai là quand tu te sentiras seul, garderai les secrets que tu m'as confiés. Ton amour, c'est tout ce que tu me dois, et je ne te briserai pas le cœur.

CHAPITRE 13
Cooper

Décembre.

— Je crois que je vais vomir...

Zane se marre et me tape dans le dos.

— Allez. Un dernier shot pour la route.

Je grimace et secoue la tête. J'ai suffisamment bu pour une vie entière.

— Rappelle-moi comment on en est arrivés là, déjà ?

Tout le monde éclate de rire. Je les fixe tour à tour, leurs visages rouges et souriants, leurs yeux brillants. Colt est en grande conversation avec Win. Daniel, lui, est étrangement silencieux. Non pas qu'il soit le type le plus loquace que je connaisse, mais je crois que ça l'agace de constater que même s'il a totalement arrêté le porno, son mec doit constamment écarter le moindre gus qui le reconnaît et tente une approche. D'ailleurs, c'est peut-être l'une des raisons pour lesquelles Zane a jeté son dévolu sur cet endroit. Bien qu'il s'entende un peu mieux avec Daniel, il adore le foutre en rogne.

— Hé, les gars, il y a une partouze en bas. Quelqu'un veut venir ?

Je me tourne vers Avery qui avait disparu pendant vingt bonnes minutes. Inutile de se demander où il était. Ses cheveux sont tout ébouriffés et un sourire niais est collé sur ses lèvres.

Il titube légèrement avant de s'affaler sur le canapé à côté de Win.

Nous sommes tous dans le même état, quasiment. Seul Ian semble être totalement sobre. Et pour cause, avec son entraînement de sportif, il ne boit presque pas d'alcool.

Une main se pose sur mon genou et le serre doucement. Je me tourne vers Jude qui m'observe, l'air désolé.

— Tu savais bien comment ça allait se terminer avec lui, déclare-t-il, blasé.

Ouais. C'est d'ailleurs pour ça que j'ai refusé tout net lorsqu'il m'a proposé d'organiser mon enterrement de vie de garçon. Sauf que, Zane étant Zane, il ne connaît pas la notion de refus. Voilà pourquoi nous nous retrouvons au *Stained*, entourés de tout un tas de types tous très dévêtus. C'est la première fois que je mets les pieds dans ce club, et apparemment, je suis un des seuls de la bande pour qui c'est le cas.

— C'est quand même plus marrant que de passer la soirée à jouer au billard et à boire du scotch en fumant des cigares, s'exclame Shane, qui n'arrête pas de lancer des clins d'œil de façon indécente.

Depuis que nous sommes arrivés, il a déjà dragué toute la boîte ou presque. Sous le regard d'Anton qui ne le quitte pas. Je me demande d'ailleurs comment il a eu la permission d'atterrir ici. Sa mère a été très claire quand elle a engagé son baby-sitter. Fini, l'alcool, le sexe, la drogue. Il a dû trouver un moyen de soudoyer Anton, même si je refuse de savoir comment.

— Alors, quel effet ça fait, de te dire que dans quelques semaines, on t'aura passé la bague au doigt ? s'enquiert Zane auprès de moi. Au fait, j'attends toujours tes remerciements.

C'est vrai. Parce que malgré tout, son stratagème a fonctionné. Quitter Kane pour qu'il se rende compte de ce qu'il avait perdu. Je n'étais pas certain de son idée au départ, mais force est de constater qu'il n'avait pas tort.

— J'ai demandé à Jude de s'en charger pour moi, je déclare avec un sourire.

— Oh, et il a mis du cœur à l'ouvrage.

Jude lui assène une tape sur le ventre et je ricane.

— J'arrive toujours pas à croire que tu vas épouser Ackermann, soupire Ian. Tu vas prendre son nom de famille ?

— Tu devrais, renchérit Win en se tournant vers nous. Ça a bien plus de gueule que Reid.

— Est-ce que j'ai déjà dit que je crevais de jalousie ? ajoute Ian.

— Oui, mais répète-le encore, on ne s'en lasse pas ! ironise Zane.

Depuis qu'il est venu habiter à la maison avec Ian et moi notamment, ces deux-là entretiennent une relation d'amour haine assez incroyable. Ils peuvent être super potes un jour, et se jeter des insultes – et des vêtements, des bouquins, et autres objets contondants – à la gueule le jour suivant. Au moins, on n'a pas le temps de s'ennuyer.

Je décide de les laisser à leur joute verbale et, après avoir posé mon shot sur la table, espérant que personne ne verra que je n'y ai pas touché, je me glisse sur le canapé à côté de Daniel. Sa main n'a pas quitté celle de Colt, mais il ne se mêle pas à nos rires, et ça m'emmerde un peu.

— Tout va bien ? je lui demande en ancrant mon regard au sien.

Il a toujours eu du mal à s'intégrer à notre groupe, même s'il y parvient mieux depuis quelque temps. Il est très secret, renfermé, et j'ai l'impression qu'il se sent mis sur la touche.

— Ça va, répond-il en soupirant.

Il reste un instant silencieux, puis reprend :

— Je suis juste un peu mal à l'aise ici, pour être honnête.

— Ça doit te rappeler de sacrés souvenirs, pourtant.

À mes mots, un léger sourire ourle ses lèvres et il hoche la tête.

— Ouais. Je suppose que tu as raison. Mais quand je vois tous ces types qui se pressent contre Colt, ça fait ressortir toutes mes insécurités, tu comprends ? Je n'arrête pas de me demander « pourquoi moi ? »

Mon cœur se serre pour lui. Je sais ce qu'il a vécu, dans les grandes lignes, et je ne cesse de me dire que ce mec, qu'on a fréquenté pendant des années sans rien connaître de lui, est un putain de survivant, et qu'ils ont de la chance de s'être trouvés, Colt et lui.

— Parce qu'il t'aime, Dan. C'est aussi simple que ça.

Il se mord les lèvres.

— Je sais, ouais.

Il coule un regard vers Colt qui a dû le sentir vu qu'il tourne la tête pour lui offrir un sourire éclatant, puis se penche pour l'embrasser avant de retourner à sa conversation.

— Désolé, c'est ta soirée, et je te fais chier avec mes histoires.

Il semble vraiment penaud, et je passe un bras autour de ses épaules pour lui donner une brève accolade.

— Ne t'excuse jamais pour ça.

— Bon, du coup, personne ne veut mater la partouze avec moi ? renchérit Avery, qui était parti – encore – pour revenir avec une bouteille de gin et une autre de whisky.

— Ne me tente pas, grommelle Shane, en jetant un regard furtif vers Anton.

Ce dernier se tient contre un mur comme s'il avait peur qu'il tombe, pratiquement invisible dans l'ombre. Avec sa mine sombre et sérieuse, personne ne semble vouloir l'approcher, même si pas mal de types s'arrêtent sur lui, se demandant sûrement ce qu'il fabrique ici, à rester sans bouger.

Une boisson atterrit dans ma main, et j'entends le bruit des verres qui s'entrechoquent.

— Il est temps de porter un toast ! déclare Win qui s'est levé pour avoir l'attention de tout le monde.

— Encore ? gémit Avery.

Win ignore son intervention et se tourne vers moi.

— À Cooper. Qui a largué une putain de bombe comme Olivia pour se faire passer la corde au cou par son beau-père ! Hé ! On pourrait presque en faire un bouquin !

Bon sang, jamais il ne me lâchera avec ça. Dès l'instant où il a appris ma relation avec Kane, il s'est foutu de ma gueule, en disant que ma vie amoureuse était pire qu'une télénovella.

— Mais bon, c'est dans les vieux pots qu'on fait la meilleure confiture apparemment, ajoute-t-il, je suppose que c'est pour ça que tu as choisi un mec qui est plus proche de la tombe que du berceau.

Tout le monde s'esclaffe, et moi aussi. Je sais qu'il rigole, qu'au fond il s'en tape de notre différence d'âge, et du reste.

— Si Ackermann t'entendait, t'aurais déjà plus de dents, déclare Shane.

— Compte sur moi pour lui répéter, j'ai hâte de le voir lui mettre une dérouillée, renchérit Avery.

Nous finissons tous par lever nos verres et trinquer ensemble. Mon nom résonne sur toutes les lèvres tandis qu'ils me renouvellent leurs félicitations.

Et même si la Terre tangue un peu, même si je sais que je regretterai ce verre très bientôt, je le bois d'un trait, sous les acclamations de mes amis, conscient de ma chance de les avoir près de moi, chacun d'entre eux, aussi casse-couilles qu'ils puissent être, parfois.

F.V.Estyer

CHAPITRE 14
Kane

Mes amis viennent de partir après avoir passé la soirée à la maison afin de marquer le coup. Je n'étais pas très chaud pour organiser un véritable enterrement de vie de garçon, d'une part car j'y ai déjà eu droit lors de mon premier mariage – une cuite mémorable avec la plupart de mes coéquipiers du moment, où je me suis réveillé seul, à poil, sur la moquette d'une chambre d'hôtel avec des dessins salaces et des mots qui l'étaient tout autant griffonnés au marqueur indélébile sur ma peau – et surtout, cette vie est enterrée depuis longtemps. Beaucoup de choses le sont, en fait : ma peur d'être vu avec Cooper, mon appréhension de ce que les gens pourraient dire de moi, de nous, ma crainte qu'il finisse par se lasser et me quitte parce que nous sommes trop différents. Être avec Cooper m'a appris beaucoup de choses sur moi-même, et grâce à lui, je crois que je suis devenu un homme meilleur : il m'a montré le courage, l'abnégation, il m'a prouvé que ça valait le coup de se battre pour nous, de ne pas baisser les bras à la moindre difficulté. Ce dont je pensais déjà être capable, au vue de ma carrière, mais qu'il m'a appris à appliquer aussi à ma vie privée. Je souris en sirotant un dernier verre, seul dans mon salon plongé dans l'obscurité. J'aime être dans le noir, ça me permet de réfléchir, ça m'apaise parfois. Malgré tout, cet appartement commence à être trop grand pour une seule personne, même si depuis le départ de Beth, je me suis habitué au silence et au vide que Cooper parvient à combler lorsqu'il vient ici. Bientôt, il sera là plus souvent. Nous avons décidé d'emménager ensemble à la fin de l'année scolaire. Je sais qu'il adore habiter avec ses potes sur le campus, et ça me désole de l'en priver, mais il m'a assuré qu'il avait hâte qu'on vive tous les deux, et qu'ici au moins, on lui foutrait la paix.

La sonnerie annonçant l'arrivée d'un texto me coupe dans mes réflexions. J'ouvre le message de Cooper et souris face à ses mots.

« On est rentrés. Je suis bourré. Zane et Jude sont en train de baiser contre le mur près de ma chambre… Je sais qu'ils ne se voient pas très souvent, mais quand même. »

En tout cas pour quelqu'un de bourré, il a une écriture impeccable. Je n'ai pas le temps de répondre qu'un autre message arrive.

« C'est nous qui nous marions, et ce sont eux qui s'envoient en l'air… »

Je ris franchement, cette fois. Je peux presque voir sa moue boudeuse, ses sourcils froncés.

« Si tu veux, je te rejoins et on leur montre ce qu'on sait faire :) »

Honnêtement, ce n'est pas l'envie qui m'en manque. Nous ne nous sommes pas vus de la semaine, à cause de ses révisions, et aujourd'hui, nous avions notre soirée chacun de notre côté. Je dois avouer qu'il m'a manqué.

« J'adorerais… mais je risquerais de te gerber dessus et ça serait pas très sexy. Pas grave, on se rattrapera demain après le brunch. »

Merde, le brunch. J'avais presque oublié. Honnêtement, j'aurais préféré passer ma journée au lit, nu, et en compagnie de Cooper, mais l'univers a décidé de contrarier mes plans.

« On peut annuler sous prétexte de gueule de bois ? S'il te plaît ? »
Après tout, nos amis comprendraient, j'en suis persuadé.
« Si tu veux que notre mariage se déroule sans accroc, il va falloir y passer… donc non. »
« Regardez-vous, Cooper Reid… le plus adulte de nous deux. »
« Ouais, parfois, j'en ai bien l'impression… »
Je ris et secoue la tête, imaginant parfaitement son air exaspéré. C'est dingue, même s'il n'est pas en face de moi, je connais par cœur toutes les expressions de son visage ainsi que ses réactions. Peut-être que je passe trop de temps à l'admirer, mais c'est plus fort que moi, je ne peux pas faire autrement.

Nous échangeons encore quelques messages, mais mes paupières sont de plus en plus lourdes. Je décide d'aller me pieuter, et envoie un texto à Cooper pour lui souhaiter bonne nuit. Constatant qu'il ne répond pas, je me dis qu'il a dû finir par s'endormir. Alors que j'éteins ma lampe de chevet, prêt à plonger dans le sommeil, je reçois un dernier message.

« Désolé. Je vomissais… »
Sur ces mots emplis de romantisme, je ricane et ferme les yeux, laissant Cooper cuver en paix.

— Pour quelqu'un qui a passé sa nuit la tête dans la cuvette, je trouve que tu t'en sors bien, dis-je à Cooper lorsqu'il me rejoint devant le restaurant, accompagné de Zane, Jude et Ian.

Ce dernier continue immanquablement de rougir dès que je pose mon regard sur lui. Nous avons beau nous être retrouvés plusieurs fois, et avoir pas mal discuté, hockeyeurs oblige, il est toujours intimidé. C'est un peu déstabilisant pour être honnête. En l'espace de peu de temps, il est devenu l'un des plus proches amis de Cooper, à tel point qu'il va être son témoin, aussi j'aimerais qu'il se sente plus à l'aise en ma présence.

— C'est moche de remuer le couteau dans la plaie, réplique Cooper en levant tout de même la tête pour m'embrasser.

J'effleure ses lèvres des miennes et mon cœur se serre lorsqu'il sourit contre ma bouche. Ce n'est pourtant pas grand-chose, juste un baiser. Ouais, mais un baiser en public, ce que je me suis toujours refusé de lui offrir jusqu'à récemment. Même maintenant, j'ai encore du mal à me laisser aller, à m'empêcher de regarder autour de moi pour scruter la réaction des gens. Mais j'apprends.

Je finis par le relâcher et salue tout ce petit monde avant de leur emboîter le pas à l'intérieur du restaurant. Le mariage est dans un peu plus de deux semaines, et bien que nous ayons engagé une *wedding planner* pour s'occuper du plus gros de l'organisation, il nous reste quand même plusieurs choses à gérer.

— Alors, Jude, tu as fait des progrès en patinage ? s'enquiert Steve une fois que nous sommes tous installés autour de la table.

Jude n'a même pas le temps de répondre que Zane s'esclaffe.

— Ce type n'a absolument aucun équilibre. J'espère que vous avez prévu de filmer, parce que ça va être épique.

Son mec lui lance un regard noir.

— C'est pas comme si on allait me demander de réaliser un triple axel, hein, réplique-t-il.

Non, en effet. Ce qui est sûrement pour le mieux. Son job à lui, c'est d'officier la cérémonie.

— Oh, bon sang ! Je veux absolument voir ça ! s'exclame Cooper.

Bordel, si je devais suivre toutes ses idées saugrenues, notre mariage ressemblerait au cirque Barnum. Heureusement que je suis là pour garder la tête froide et recentrer le débat.

Nous revoyons tous ensemble le programme de la journée, son déroulement, ainsi que quelques petits détails techniques.

La plupart des invités – peu nombreux, nous voulons une cérémonie intimiste – arriveront à Aspen grâce à l'avion que Steve nous prête, ce qui permet en plus de faire d'une pierre deux coups : la majorité d'entre eux passant les fêtes de Noël à Aspen de toute façon.

Mes parents, la mère de Cooper et Elizabeth, viendront par leurs propres moyens. Nous aussi, mais simplement parce que nous souhaitons partir plus tôt pour profiter du chalet tous les deux avant la frénésie du réveillon. C'est Charles qui est chargé de la logistique concernant le voyage, ce qui me convient parfaitement. En gros, tout ce que Cooper et moi avons à faire, c'est nous pointer à l'heure, ce qui est déjà quelque chose.

— Vous avez trouvé vos costumes ? s'enquiert Jude, bien décidé à changer de sujet.

— Je t'aurais bien dit oui, mais Zane a refusé toutes mes propositions. À croire que c'est lui qui se marie, soupire Cooper.

À ces mots, Zane se tourne vers Jude pour lui tapoter la joue.

— T'inquiète pas, bébé, je te ferai jamais ça.

Pour toute réponse, Jude lève les yeux au ciel sous nos ricanements. Je me demande ce qui est passé par la tête de Cooper en choisissant Zane comme témoin. Heureusement, il a également Ian, ce qui permet de contrebalancer. C'est rassurant.

Nous continuons à discuter des détails un bon moment tout en sirotant des coupes de champagne – sauf Cooper, qui préfère rester à l'eau – et je tente de ne pas montrer à quel point je suis nerveux. Excité, aussi, heureux, carrément, mais ouais, foutrement nerveux. Parce que si j'ai aimé Beth, notre mariage était un mensonge. Mais pas celui-là. Ce que je vis avec Cooper est sincère et vrai, et je compte faire tout ce qui est en mon pouvoir pour que notre union lui prouve que je n'ai jamais été aussi sûr de quoi que ce soit dans ma vie, et que j'ai bien l'intention de la passer avec lui.

CHAPITRE 15
Cooper

Allongé dans mon lit, les yeux grands ouverts, je fixe le plafond. J'ai encore du mal à croire que d'ici quelques heures, je vais m'envoler direction Aspen pour... me marier. Bon sang. C'est complètement dingue.

Pour être honnête, avant que Kane ne me fasse sa proposition, je n'avais jamais vraiment réfléchi à l'idée de me marier. Je ne m'étais jamais imaginé ce que ce serait, de prononcer mes vœux devant l'être aimé – et un tas d'autres personnes - et de sceller un engagement à vie, a priori.

Non pas que j'en sois étonné. Après tout, je ne connais pas beaucoup de gens de mon âge qui ont déjà envisagé de s'unir. La bonne nouvelle, c'est que personne n'a tenté de m'en dissuader. Je ne les aurais pas écoutés, de toute façon, mais ça a été un soulagement lorsque je me suis rendu compte qu'au lieu des remarques auxquelles je m'attendais – sauf de Zane, mais je sais qu'il ne le fait que pour me foutre en rogne – je n'ai reçu que du soutien. De mes potes, et de mes parents. De mon père, en particulier. Ma mère elle, s'en fiche royalement. J'aurais pu me marier avec un inconnu, bourré, à Vegas qu'elle n'aurait rien trouvé à y redire. Ce n'est pas que ça ne l'intéresse pas, c'est simplement qu'elle n'a jamais été du genre à me juger pour mes actes. « Du moment que tu es heureux, mon cœur, c'est tout ce qui importe. »

Mais mon père, c'était une autre paire de manches. Il a eu du mal à vraiment accepter notre relation. Parce que Kane est son meilleur ami, qu'il a vingt-ans de plus que moi. Mais tout va bien désormais, il a compris qu'entre Kane et moi, c'était sérieux et fait pour durer, et je pense que les actes de Kane l'ont conforté dans cette idée.

Je sursaute en entendant la sonnerie de mon réveil qui me sort de mes rêveries matinales. Sauf que j'ai à peine le temps de l'éteindre que ma porte s'ouvre avec fracas et que Ian entre avant de se jeter sur mon lit.

— Tant de délicatesse de bon matin, c'est carrément agréable, je grogne.

— Pas le temps pour ça. Allez, lève-toi, prends ton petit-déj et prépare-toi !

— Rappelle-moi une chose. C'est moi qui me marie, ou toi ?

— Honnêtement, si tu veux que je te remplace, tu n'as pas à me le demander deux fois.

Je ne peux m'empêcher de m'esclaffer. Ouais, Ian n'a pas cessé de me répéter combien il était jaloux de mon couple avec Kane. Même si c'est juste pour plaisanter, parfois j'aimerais qu'il me lâche un peu. Ou mieux, qu'il rencontre quelqu'un de sérieux, au lieu de passer son temps à baiser des inconnus dans les chiottes de boîtes de nuit. Mais j'ai arrêté d'en parler avec lui, parce que j'ai l'impression qu'on tourne en rond. Il a tellement la frousse de ce qui pourrait arriver si l'équipe de hockey ainsi que le coach découvraient son homosexualité, qu'il estime ne pas avoir le choix.

— Et puis, c'est mon boulot de m'assurer que tout se passe comme sur des roulettes, pas vrai ?

J'acquiesce et lui offre un sourire. Au moins, je ne pourrai pas lui reprocher de ne pas prendre ses responsabilités de témoin à cœur.

Face à son insistance, je finis par me lever et enfile le pantalon de survêtement que Ian me jette presque à la figure. C'est tout juste s'il ne m'attrape pas par la main pour me guider jusqu'à la cuisine.

À peine entré dans la pièce, suivant l'arôme du café chaud, je constate que le petit déjeuner est prêt. Sur la table sont étalés du pain, de la confiture, des œufs brouillés, du bacon, des pancakes et du sirop d'érable.

— Bon sang, mais qu'est-ce qui s'est passé ici ?

Les yeux écarquillés, j'observe la nourriture qui déborde de partout.

— On voulait que tu sois en forme aujourd'hui. Et tout le monde sait que ça commence par un bon petit déjeuner.

Ouais, je suppose que si quelqu'un s'y connaît dans ce domaine, c'est bien Ian, même si la plus grande partie de ce qui est exposé sur cette table lui est déconseillée.

— En forme pour quoi ? Pour prendre l'avion ? Parce que c'est ma seule activité de la journée, je te rappelle.

Ian se mord les lèvres, puis déclare :

— OK. J'en ai peut-être un peu trop fait…

J'éclate de rire et passe un bras autour de ses épaules pour le serrer brièvement contre moi.

— Un tout petit peu, en effet. Mais c'est parfait, merci beaucoup, ça me touche.

Pour toute réponse, il m'offre un immense sourire et m'invite à m'installer, puis attrape la cafetière pour remplir nos mugs.

Certes, à part me pointer à l'heure chez Kane pour le récupérer avant de partir pour l'aéroport, je n'ai rien d'urgent à faire, mais je compte profiter de cet incroyable petit déjeuner. Et puis, autant faire le plein de calories, vu que j'ai l'intention de les brûler rapidement. Rien que de songer que dans quelques heures, on sera au chalet, je crève d'impatience. Depuis des jours, je ne rêve que d'une chose : Kane et moi dans le jacuzzi, comme lors de chacun de nos week-ends là-bas. Bon sang, ce que j'ai hâte.

Sauf qu'évidemment, il ne m'en faut pas plus pour que ces simples images provoquent un début d'érection. Génial, il ne manquait vraiment plus que ça. Heureusement, Ian m'interrompt dans mes pensées lubriques lorsqu'il déclare :

— Tu es sûr que c'était une bonne idée de demander à Zane de s'occuper des alliances ?

Comme s'il avait attendu qu'on prononce son nom pour apparaître, façon Beetlejuice, l'intéressé débarque dans la cuisine sans prendre la peine de dire bonjour, se dirigeant droit vers Ian pour lui donner une tape à l'arrière du crâne.

— Hé ! s'insurge ce dernier.

— Je t'ai entendu, enfoiré.

Puis il se laisse tomber sur une chaise avant de se servir une tasse de café.

— C'était soit ça, soit gérer les invités, et je n'avais pas envie de provoquer des incidents diplomatiques, je déclare.

— Comment ça ? grommelle Zane. Je suis un agneau, mec. Tu sais que les gens m'adorent.

Évidemment, il n'en faut pas plus pour que Ian et moi éclations de rire.

— Mieux vaut entendre ça qu'être sourd !

Zane me tire la langue et se lève pour choper un pancake qu'il avale en entier sans autre forme de procès.

— Bref… dit-il la bouche pleine. Sache que je vais récupérer vos alliances dans la journée, qu'il vente ou qu'il neige, tu peux compter sur moi.

— C'est le cas, dis-je, souriant au-dessus de mon mug.

Et c'est la vérité. Il a beau être un chieur de la pire espèce, il a été le premier à me soutenir – ou me secouer, plus exactement – et à me conseiller, à sa manière bien particulière, depuis le début de ma relation avec Kane, et rien que pour ça, je lui en serai éternellement reconnaissant.

CHAPITRE 16
Kane

Je pose mon sac à l'entrée du chalet et pousse un soupir de soulagement. Enfin. J'ai eu l'impression que nous n'allions jamais arriver. Il est tombé un paquet de neige ces derniers jours, et la route sinueuse nous a obligés à avancer à une allure d'escargot.

— Ça sent drôlement bon, s'enthousiasme Cooper derrière moi.

— La magie de Dina a encore opéré, dis-je, puis je me penche pour embrasser son nez froid.

Comme d'habitude, elle a tout préparé, et la seule trace de son passage est l'odeur alléchante de la nourriture et le feu crépitant dans l'âtre.

Cooper me sourit et ôte son bonnet ainsi que son manteau qu'il suspend à la patère près de l'entrée. Je m'apprête à l'imiter lorsqu'il attrape les pans de mon écharpe pour me tirer vers lui. Sa bouche glacée se pose sur la mienne et sa langue s'insinue entre mes lèvres. Je gémis et l'attire vers moi, ne résistant pas à coller son corps contre le mien tandis que j'approfondis notre étreinte.

Ses mains glissent dans mes cheveux mouillés par la neige et je frissonne lorsqu'une goutte perle le long de ma nuque.

— On devrait peut-être se caler un peu devant le feu pour nous réchauffer, je propose lorsque nous finissons par nous séparer, le souffle court.

— J'ai une meilleure idée.

Il accompagne sa phrase d'un clin d'œil et j'éclate de rire, devinant exactement ce qu'il a en tête.

Cooper a développé une réelle fascination pour mon jacuzzi. Je sais que ça a beaucoup à voir avec ce que nous y avons vécu la première fois, et j'en suis très flatté. Alors, à chaque fois que nous venons ici, notre premier réflexe, c'est de nous y prélasser... et plus si affinités.

D'ailleurs, en parlant de ça, je crois qu'il est l'heure de lui dévoiler la surprise que je lui ai réservée.

Pendant qu'il disparaît dans la chambre pour se dévêtir et enfiler un peignoir, je mets les bulles en route et me dirige vers le frigo pour en sortir la bouteille de champagne que j'ai demandé à Dina de garder au frais.

Je suis en train de tout installer sur la terrasse couverte lorsque Cooper réapparaît.

— Bah, t'es encore habillé ? me dit-il d'un ton déçu.

Je ne peux m'empêcher d'éclater de rire.

— Tu n'as qu'à me désaper, si tu es si pressé.

Évidemment, il ne se le fait pas dire deux fois. À peine ai-je prononcé ces mots qu'il se jette presque sur moi pour me débarrasser de mes fringues, avec une rapidité étonnante.

— Voilà, c'est bien mieux comme ça, déclare-t-il en me matant sans vergogne.

Normalement, je me sentirais un peu con à me retrouver à poil, au milieu de mon salon, mais alors que le regard de Cooper glisse sur moi, s'attardant sur chaque parcelle de ma peau, je ne peux m'empêcher de frissonner de plaisir.

Une fois son inspection terminée, il prend le temps de caresser mes bras, mes épaules, de déposer quelques baisers sur ma gorge et mes clavicules.

— Si tu continues comme ça, on n'arrivera jamais jusqu'au jacuzzi.

Il fronce les sourcils, puis sourit en avisant mon début d'érection.

— C'est tellement facile de te faire bander, souffle-t-il en enroulant ses doigts autour de ma queue.

— Avec toi, toujours.

Il rit contre ma peau tout en aspirant mon mamelon entre ses lèvres.

— Allez, viens, il est temps de passer aux choses sérieuses.

— Vos désirs sont des ordres.

Sans plus de cérémonie, il attrape ma main et me traîne jusqu'au jacuzzi.

Assis dans l'eau, nous sirotons notre champagne tout en observant les flocons tomber. J'aime tellement cet endroit, je le considère vraiment comme chez moi. J'aime être loin de tout, perdu au milieu des montagnes enneigées, Cooper collé contre moi, mon bras passé autour de ses épaules. Si le paradis existe, c'est à ça qu'il doit ressembler.

— J'ai un truc pour toi, finis-je par déclarer en posant ma coupe vide.

Il écarquille les yeux et je souris avant de me pencher pour récupérer l'enveloppe que j'ai laissée près du jacuzzi, puis je me glisse sur ses genoux pour pouvoir le chevaucher.

— Tiens, dis-je en lui tendant le pli. Considère ça comme un cadeau de Noël. Ou de mariage. Ou juste une manière de te montrer à quel point tu comptes pour moi.

— Je n'ai pas besoin que tu m'offres des cadeaux pour ça, réplique-t-il.

— Je sais.

Je lui souris et me penche pour embrasser ses lèvres au goût de champagne.

— Qu'est-ce que tu attends pour l'ouvrir ?

— J'ai les mains mouillées.

— On s'en fout, c'est juste une copie, je n'allais pas risquer d'abîmer l'original.

Ses sourcils se froncent, et je devine combien il est curieux. Il me tend sa coupe et décachette l'enveloppe presque solennellement. Il en sort une feuille et son regard ne cesse d'aller et venir entre le papier et moi.

— Tu tiens à faire durer le suspense, hein ? dis-je avant de terminer son champagne d'un trait.

Il finit par déplier la feuille, et s'il paraissait surpris un peu plus tôt, ce n'était rien comparé à cet instant. J'aurais aimé pouvoir photographier la tête qu'il fait, parce que franchement, ça vaut le coup. Et est-ce que ce sont des larmes que je crois discerner dans ses yeux ?

— Tu… tu as vraiment fait ça ? souffle-t-il, la voix tremblante.

— Évidemment.

— Kane… c'est… pourquoi ?

D'un coup, une vague de peur s'empare de moi. Est-ce que j'ai fait une connerie ? Est-ce que c'est trop ? Non. Impossible.

J'emprisonne son visage entre mes mains et ancre mon regard au sien.

— Parce que tu aimes cet endroit autant que moi. Et je veux qu'il t'appartienne aussi. Je veux qu'il soit à nous, Cooper. Je veux que tu comprennes que, même si j'ai merdé, je t'aime. Je t'aime et je souhaite tout partager avec toi. À commencer par ce chalet. Parce que c'est ici que les choses ont démarré entre nous, c'est ici que je me suis rendu compte que bien que je refusais de l'admettre, j'étais en train de tomber amoureux de toi.

Il déglutit et reste quelques instants sans rien dire, à me fixer, comme s'il avait perdu la parole, ou qu'il avait du mal à y croire. La feuille toujours dans une main, il pose l'autre sur la mienne, dont le pouce caresse doucement sa joue.

— Un chalet, tu m'as offert un chalet ! déclare-t-il, d'une voix de plus en plus aiguë.

— Ouais, même si on sait tous les deux qu'en vérité, la seule partie qui t'intéresse, c'est le jacuzzi.

Il éclate de rire en répétant « t'es dingue, putain, t'es complètement dingue » et mon rire se mêle au sien. Finalement, il reprend son sérieux, glisse sa main libre le long de mon corps avant de venir enlacer ma taille pour me serrer contre lui.

— Je t'aime. Je t'aime tellement.

— Pas seulement pour le chalet, hein ? dis-je avec un sourire en coin.

Il m'embrasse furtivement, sûrement pour m'inciter à arrêter de dire des conneries, avant de poser son front contre le mien.

— Pas seulement, non.

CHAPITRE 17
Cooper

Mon cœur bat toujours la chamade lorsque Kane ôte ses mains de mes joues pour caresser mon corps. Je n'arrive pas à croire qu'il ait fait ça. Je n'arrive pas à croire qu'il m'a offert… son chalet. Ce n'est peut-être qu'un ensemble de planches de bois, mais je sais combien il compte à ses yeux ; c'est l'endroit où il se sent véritablement chez lui, son foyer. Et c'est devenu le nôtre. Alors que je louchais sur l'acte de propriété, que j'ai découvert nos deux noms accolés, j'ai cru que j'avais trop picolé. Mais non, c'est bien réel. Tout comme ses paumes qui parcourent ma peau à cet instant, sa langue qui retrace la courbe de ma mâchoire avant de se nicher dans le creux de ma gorge.

Je gémis quand il y plante ses dents, et mon gémissement se transforme en halètements au moment où sa main vient enserrer nos deux érections pour les caresser, ensemble.

Enfouissant mes doigts dans ses cheveux, je les agrippe pour l'obliger à rejeter la tête en arrière et écrase ma bouche sur la sienne dans un baiser affamé. Nos lèvres humides glissent les unes contre les autres, et je goûte la saveur du champagne sur sa langue.

— Je t'aime, souffle-t-il contre moi.

Nous commençons à onduler tandis que le plaisir grimpe toujours plus fort, toujours plus vite, mélange de l'union de nos corps et de ses mots d'amour qui me font perdre l'esprit et gonfler mon cœur d'un tel bonheur que je crains de me briser entre ses bras.

Les bulles frétillent autour de nous, nous enveloppant dans un cocon de chaleur tandis que nous nous accrochons l'un à l'autre sans jamais rompre notre baiser.

Et c'est avec la neige en toile de fond, le bruit des clapotis de l'eau, et la respiration erratique de Kane qui se mêle à la mienne, que je finis par fermer les yeux. Un orgasme intense et brûlant parcourt mon corps entier et je jouis dans un cri. Celui de Kane lui fait écho, et nous nous perdons dans l'instant, partageant nos halètements et nos soupirs, nos cœurs qui battent trop vite, en parfaite harmonie.

Ce soir-là, c'est à peine si nous parvenons à garder nos mains pour nous, comme si le chalet était hanté par le fantôme de la luxure qui nous pousse à nous toucher, nous caresser, sans arrêt. Après un dîner rapide, c'est toujours nus que nous nous installons devant le feu de cheminée, enlacés, à parler de tout et de rien, puis à ne plus parler du tout, trop occupés à nous explorer.

Nous nous couchons tôt, après avoir fait l'amour une nouvelle fois, et lorsque je me réveille le lendemain matin, je trouve Kane, à moitié affalé contre moi, sa jambe passée par-dessus la mienne, son visage contre mon cou.

— Salut, dis-je lorsqu'il ouvre ses beaux yeux verts pour les poser sur moi.

— J'aime dormir avec toi. On devrait le faire plus souvent.

Je ris et frotte mon nez contre le sien.

— On devrait, oui. Mais pour l'instant, on devrait surtout se préparer, on a rendez-vous à dix-heures avec la *wedding planner*.

Il pousse un soupir contrarié et me plaque contre le matelas.

— Tu vois, là tout de suite, je regretterais presque de t'avoir demandé de m'épouser.

Je lève les yeux au ciel avant de déposer un baiser à la commissure de ses lèvres.

— Tout ça parce que tu as envie de faire la grasse mat. Tu aurais aussi pu prendre rendez-vous plus tard, tu sais. Au lieu de partir dans les extrêmes.

Il glousse et tend le bras pour effleurer ma clavicule.

— Est-ce que ça fait de moi un homme des cavernes d'aimer les marques que je laisse sur ta peau ?

— Un peu, ouais. Mais je ne vais pas m'en plaindre.

Il m'offre un sourire éclatant et je tapote ses fesses nues.

— Allez, la marmotte, laisse-moi me lever. Je te donne dix minutes de rab pendant que je prépare le café.

— C'est vraiment toi le meilleur, répond-il avant de rouler sur lui-même pour me libérer.

La fraîcheur qui frappe ma peau lorsque son corps quitte le mien et que je sors du lit me fait frissonner. Je fouille dans ma valise que je n'ai pas encore pris la peine de défaire pour trouver un pantalon et un tee-shirt à enfiler. Je peux sentir le regard de Kane sur moi, et peut-être que je mets plus de temps que prévu pour m'habiller. Je suis un type altruiste, je le laisse profiter du spectacle.

— Arrête de faire le malin, sinon je te chope et je te promets qu'on sera en retard au rendez-vous.

Je ris et me baisse pour enfiler mon pantalon quand soudain des bras m'attrapent par la taille, et je me retrouve plaqué contre Kane, mon dos contre son torse, son sexe niché au creux de mes fesses.

Il se pousse légèrement contre moi, et je tente de me libérer, même si je n'y mets pas beaucoup du mien.

— Lâche-moi !

— Jamais.

— Kane !

Pour toute réponse, il plante ses dents dans ma nuque et saisit ma queue entre ses doigts.

— J'ai une idée, dit-il contre ma peau. Je propose qu'on commence par la douche, et ensuite le petit déjeuner.

— Non, on sait très bien comment ça va se terminer, et on n'a pas le temps.
— Vraiment ? demande-t-il avant de lécher mon épaule. Tu paries que je peux te faire jouir en cinq minutes chrono ?
Et parce que je suis un homme faible, incapable de lui résister, je réponds :
— Je parie que j'y parviens en trois.

— Pile à l'heure ! déclare Kane en souriant lorsqu'il gare la voiture sur le parking.
— Pile à l'heure avec sept minutes de retard.
— Ouais, mais ça valait le coup.
Il accompagne sa phrase d'un clin d'œil, ce qui me fait soupirer.
— Ose dire le contraire, ajoute-t-il.
Je ris et ouvre la portière pour me glisser hors du siège passager. À quelques mètres de nous, Livia, notre *wedding planner*, est en grande conversation avec Charlie, le gérant de la patinoire.
Les traits de ce dernier s'illuminent lorsqu'il aperçoit Kane, et nous sommes à peine arrivés près de lui que les deux hommes se fendent d'une accolade chaleureuse.
— Je suppose que les félicitations sont de rigueur, déclare le vieil homme en lui tapotant le dos. Sacrée demande, mon garçon. Tu n'as pas fait les choses à moitié.
— Il en vaut la peine.
Le rouge me monte aux joues, mais je ne peux m'empêcher de sourire. Ça m'arrive constamment ces derniers temps. C'est peut-être niais, mais je ne parviens pas à descendre de mon nuage. Est-ce que c'est possible d'être plus heureux que je ne le suis en ce moment ?
— Alors Livia, vous êtes prête à rendre cet endroit magique ? demande Kane tandis que Charlie extirpe les clés du bâtiment de sa poche.
— Est-ce que vous auriez fait appel à moi si vous doutiez de mes compétences ?

J'éclate de rire pendant que Kane secoue la tête, et lorsque nous pénétrons dans la patinoire, un frisson parcourt mon échine.

Au début, Kane voulait garder le lieu de la cérémonie secret, mais vu la logistique – et le talent de la majorité de nos témoins pour le patinage – il n'a pas eu d'autre choix que de vendre la mèche. Ce qui a valu à Ian nombre d'heures de tirage de cheveux, de jurons et de grommellements, quand il a dû apprendre à tout ce petit monde à patiner. Mais au moins, personne ne va se casser la gueule, j'espère.

Nous longeons le couloir et arrivons devant la glace.

— Je vais vous dérouler le tapis pour que vous puissiez marcher dessus, déclare Charlie en joignant le geste à la parole.

Ouais, pas certain que Livia parvienne à garder son équilibre sur ses bottes à talons aiguilles. Cela dit, elle déambule sans problème dans la neige, alors qui sait ?

Ni une ni deux, elle sort sa tablette de son énorme sac à main et avance jusqu'au centre de la patinoire. Je l'observe tandis qu'elle prend des notes, fait un croquis rapide, et photographie toute l'arène.

— Je vais vous faire ça aux petits oignons, déclare-t-elle. J'ai déjà plein d'idées.

— Tant mieux, c'est pour ça qu'on vous paye, rétorque Kane, suivi d'un « aïe » quand je lui enfonce mon coude dans les côtes.

Il me jette un regard en biais et murmure un :

— Bah quoi ?

Ce type n'a vraiment aucun filtre parfois.

La visite dure environ une demi-heure, pendant laquelle nous ne faisons pas grand-chose d'autre qu'acquiescer. C'est avec Charlie qu'elle échange le plus, et je vois bien combien il est heureux de participer à l'élaboration de la cérémonie.

Une fois satisfaite, Livia range tout son fatras et nous dit qu'elle en a terminé pour la journée, qu'elle nous recontactera si elle a des questions, nous serre la main et commence à s'éloigner.

— Je vous raccompagne, déclare Charlie.

Rapidement, nous nous retrouvons seuls, Kane et moi. Il récupère le gros sac qu'il a apporté avec lui.

— Prêt pour une petite session ? demande-t-il en souriant.

Sourire auquel je réponds et qui ne quitte pas mes lèvres tandis que j'enfile mes patins. Mais je ne m'engage pas tout de suite sur la glace. Au lieu de cela, je m'accoude à la rambarde et admire Kane évoluer avec grâce et rapidité.

Il a beau ne plus être un joueur professionnel de hockey, il n'a rien perdu de son talent, et lorsqu'après un dérapage qui envoie une gerbe de glace vers moi, il s'arrête et me tend la main, je la saisis et le laisse m'entraîner à toute vitesse sur la piste, nos rires et nos cris se répercutant sur les murs de la patinoire.

CHAPITRE 18
Kane

    Allongé sur le canapé du salon, le feu crépitant dans l'âtre, je regarde les flammes, souriant au son des voix qui s'élèvent dans la cuisine. Cooper est en pleine préparation de biscuits en pain d'épice avec Steve, et je les entends rire d'ici. Mes parents, eux, sont en train de jouer aux cartes, pendant que notre dîner mijote.
    C'est à ça que devrait ressembler chaque Noël. Cooper, moi, mes parents, son père. Une famille. Je me rends compte que c'est ce que nous formons à présent. Une famille que j'ai failli ne jamais connaître, à cause de ma peur et de ma lâcheté. Je suis content d'avoir été plus fort que ça.
    — Alors, papi, t'es trop crevé pour mettre la main à la pâte ?
    Je lève la tête et découvre Cooper qui me surplombe de toute sa hauteur, mains sur les hanches. Comme toujours lorsqu'il pâtisse, il a de la farine partout : les cheveux, les bras, les fringues, le visage.

Je ris et l'attrape par la taille pour le tirer vers moi. Il s'échoue sur le canapé dans un grognement qui se transforme en cri lorsque je le chatouille.

— Des vrais gosses, soupire Steve, dont la voix s'élève derrière nous.

Je voudrais lui répondre par un doigt d'honneur, mais je préfère éviter devant mes parents.

Finalement, je libère Cooper, observant son visage rouge et ses yeux brillants. D'un geste tendre, j'essuie la traînée de farine sur sa joue, dépose un rapide baiser sur ses lèvres et me mets debout, décidant qu'il est temps de nous servir un verre.

Nous avons passé la journée à dévaler les pistes, et en rentrant, nous avons commencé les préparatifs pour notre repas de demain. Notre deuxième Noël en tant que couple, pour Cooper et moi, le premier avec nos parents réunis. Il ne manque plus qu'Emilia, la mère de Cooper, mais à cause de son boulot, elle n'a pas pu se libérer plus tôt. Tout le monde s'entend à merveille, et nous partageons un moment vraiment chouette, accompagnés des chansons de Noël qui se déversent à travers l'enceinte bluetooth, du rythme des lumières qui clignotent dans le sapin que nous avons décoré hier, de l'écho de nos rires, de notre bonne humeur, et mon cœur se gonfle devant ce tableau que je ne me lasserai jamais de contempler.

Je suis sorti du sommeil par le craquement des lattes du parquet. Ouvrant les yeux dans la pénombre, je tends le bras vers Cooper, comme ça m'arrive souvent lorsque je me réveille en plein milieu de la nuit. Un besoin de m'assurer qu'il est toujours là. Sauf que j'ai beau tâtonner, je ne rencontre aucune parcelle de peau, seulement le matelas vide et froid. Je me redresse et cligne des paupières, le temps de m'habituer à l'obscurité. En tournant la tête de son côté du lit, je constate qu'en effet, Cooper a disparu.

Je tends l'oreille, espérant entendre le bruit de ses pas, mais tout ce qui me parvient est le crépitement lointain de la cheminée – que quelqu'un a dû rallumer – ainsi que des chuchotements. Étrange.

Je décide de me lever, enfile un pantalon, et me dirige en silence jusqu'à la porte de la chambre. Une fois sur le seuil, j'aperçois Cooper, assis en tailleur devant l'âtre, l'air dépité, des papiers éparpillés tout autour de lui. En face de lui se tient Steve, une main paternelle posée sur l'épaule de son fils.

— Arrête de paniquer.
— Mais j'y arrive pas. Je trouve pas les mots…

Un gémissement sort de sa gorge et il secoue la tête.

— Quelle idée de merde de vouloir écrire des vœux.

Malgré mon cœur qui se tord de le voir dans cet état de détresse, je ne peux m'empêcher de sourire.

C'est pas faute de te l'avoir répété.

— C'était la tienne, je te rappelle, répond son père, qui sourit lui aussi.

— Merci d'enfoncer le couteau dans la plaie, papa.

Une envie folle de le rejoindre et de le serrer fort contre moi m'envahit, mais je me fais violence pour ne pas bouger. Steve se débrouille très bien, et peut-être qu'il saura mieux que moi trouver les mots qu'il faut pour apaiser son fils.

— On ne te demande pas d'inventer un poème.
— Encore heureux !
— Contente-toi de noter ce que tu ressens. Les raisons pour lesquelles tu envisages de passer ta vie avec lui.
— Plus facile à dire qu'à faire.
— Si tu veux, je te les écris moi, mais pas sûr que ça lui plaise des masses.

Les mots de Steve ont au moins pour effet de faire ricaner Cooper.

— Parce que je l'aime, finit-il par soupirer. Ça suffit, pour moi.
— Alors ça lui suffira aussi.
— Mais c'est tout pourri ! s'exclame Cooper, qui semble plus perdu que jamais. J'ai beau essayer de réfléchir, tout me paraît trop fleur bleue, trop niais, trop facile. J'ai pas envie de sortir des banalités, c'est naze.

Il serre la feuille de papier entre ses doigts, et finit par la balancer dans le feu d'un geste rageur.

— Hé…

Steve se penche vers son fils et referme ses bras autour de lui. À cet instant, il lève les yeux et son regard croise le mien. Il hoche la tête avant de libérer Cooper.

— Respire. Ça va bien se passer. Au pire, tu dois bien trouver des exemples sur le net.

— Tu es d'une aide infaillible, papa.

— Je sais.

Steve se met debout, et tapote les cheveux de son fils.

— Ou alors, tu peux juste tourner la tête, et décrire ce que tu ressens à ce moment précis.

Surpris par ses paroles, Cooper s'exécute, et lorsque son attention se porte sur moi, je le vois qui se mord les lèvres avant d'afficher un sourire penaud.

Je décide de m'avancer, et Steve me fait un clin d'œil quand il me croise sur le chemin vers sa chambre. Je prends la place qu'il vient de quitter, sentant le regard de Cooper qui ne me lâche pas.

— Tu n'as pas intérêt à me sortir « je te l'avais dit », grogne-t-il.

— Je te l'avais dit.

Il me lance un regard noir.

— Je te hais.

— Vraiment ? C'est dommage, parce que je pensais à une solution parfaite pour que tu arrêtes de paniquer.

Une lueur de désir passe dans ses yeux illuminés par les flammes. Je tends la main vers lui et l'invite à s'asseoir sur moi, ses jambes autour de ma taille.

— Tu sais, on n'est pas obligés de garder cette idée d'échange de vœux…

— Toi non plus, tu ne les as pas encore écrits ? demande-t-il avec espoir, ce qui me fait éclater de rire.

— Si.

Évidemment que si. Et étrangement, si je n'ai jamais été très doué pour les grandes déclarations – j'ai donné tout ce que j'avais pour ma demande en mariage -, les mots ont coulé avec une facilité déconcertante sur le papier. Il m'a suffi de l'observer, de songer à tout ce qu'il me fait ressentir, à tout ce que j'éprouve quand il est près de moi, et les mots se sont déversés sans effort.

Il pousse un soupir, et j'attrape son menton entre mon pouce et mon index pour poser ma bouche sur la sienne.

Nous nous perdons dans l'instant, dans nos lèvres qui s'épousent, dans les gémissements que nous partageons. Il se plaque contre moi, et mes mains caressent son dos, ses épaules, se glissent dans sa tignasse pour approfondir notre étreinte, douce et tendre.

Nous finissons par nous séparer, et je souris en découvrant sa bouche gonflée et ses yeux légèrement embrumés.

— Ça va mieux ? je m'enquiers en ôtant une mèche de cheveux de son front.

Il hoche la tête, l'expression lumineuse, et demande :

— Dis, concernant tes vœux... je peux copier ?

CHAPITRE 19
Cooper

Une phrase ne cesse de tourner dans ma tête depuis que j'ai ouvert les yeux ce matin.

C'est le grand jour… C'est le grand jour… Merde, c'est LE GRAND JOUR !

Bon sang, est-ce que j'ai le droit de paniquer ? Je crois que oui. En plus, personne ne fait attention à moi, ils sont tous là à courir dans tous les sens… Personne, sauf Kane. Aussitôt que je pénètre dans notre chambre, je sens son regard sur moi depuis l'autre côté de la pièce. Il vient de sortir de la douche et se tient debout, dans toute sa glorieuse – et parfaite – nudité.

Et dire qu'il n'y a pas si longtemps, je n'aurais jamais songé à me marier. Et encore moins à me marier avec… un homme.

J'observe Kane qui m'offre un sourire chaleureux.

Ouais, pas de doute, c'est bien un homme.

Soudain, je me rends compte que je suis en train de flipper et me laisse tomber sur le matelas, la tête entre les mains.

C'est à peine si j'ai le temps de prendre une profonde inspiration pour me calmer que Kane est là, à genoux devant moi, entrelaçant nos doigts.

— Tu peux encore changer d'avis, si tu veux..., souffle-t-il d'un air amusé. On vire tout le monde, et on passe la journée au pieu.

Je secoue la tête et éclate d'un rire tremblant avant d'ancrer mon regard au sien.

— C'est tentant... mais non. Je... je veux t'épouser, je veux qu'on...

Mes mots se meurent sous la boule qui me noue la gorge. C'est ridicule, je ne devrais pas avoir aussi peur. Ce n'est pas comme si ça allait changer quoi que ce soit. Ce mariage, c'est juste une manière de nous prouver que nous deux, c'est fait pour durer.

Ses grands bras se referment autour de moi et il m'étreint fort. J'inspire l'odeur de sa peau, de son parfum, de lui, et rien que ça, ça m'aide à m'apaiser.

— Bref. Je le veux.

— Parfait. Souviens-toi de ces trois mots, répète-les à la cérémonie, et tout ira bien.

— Tu te crois drôle ? je grommelle.

— On sait tous les deux que je le suis.

Il accompagne ses paroles d'un clin d'œil et pose sa bouche sur la mienne.

— Ça va aller ?

— Ouais...

Ouais, ça va aller. Après tout, c'est censé être le plus beau jour de ma vie, pas vrai ? Et ça l'est... je crois. Je ne suis pas certain que cette journée puisse surpasser l'émotion qui m'a envahi quand Kane m'a demandé de l'épouser.

— Sinon... une petite pipe pour t'aider à te déstresser ?

— J'aurais adoré être témoin de cette scène, mais on n'a pas le temps les gars, déclare Zane en pénétrant dans la pièce sans même prendre la peine de frapper.

Je sursaute et me tourne vers lui. J'étais tellement perdu dans ma bulle avec Kane que je ne l'ai pas entendu arriver.

Zane s'immobilise et mate sans vergogne Kane, toujours à poil, d'un air appréciateur.

— Même si ça me plairait de te voir parader dans cette tenue, je crois qu'il vaudrait mieux pour les autres que tu enfiles un truc... genre un costard.

— Dégage, gronde Kane.

— Je suis très bien où je suis, merci.

Kane lève les yeux au ciel, se redresse, et pousse Zane hors de la pièce.

— Et aucun de vous ne fait de commentaire sur mon smoking et combien je suis renversant dedans ? crie-t-il juste avant que la porte ne se referme devant son nez... ou son cul, plutôt.

— Rappelle-moi pourquoi tu l'as choisi comme témoin ? me demande Kane.

— On croirait entendre Ian.

— Quelqu'un de censé.

— Ouais, dis-je en riant. Tu dis ça parce que tu aimes qu'il te porte autant d'admiration.

— Vrai. Mais pas plus que je t'aime, toi.

— Beau parleur.

— Mais sincère. Et... je n'aurais jamais songé dire ça un jour, mais Zane a raison. Ce serait con d'arriver en retard à notre propre mariage.

— Et moi qui pensais que c'était la norme.

Il rit et me rejoint, se baissant pour m'attirer vers lui et m'embrasser.

— Peut-être, mais personnellement, j'ai hâte de faire de toi mon mari.

Et juste comme ça, de ces quelques mots empreints d'une telle sincérité que je pourrais presque chialer – peut-être que je le fais un peu, d'ailleurs - tout mon stress s'évapore.

Parce que d'ici quelques heures, Kane et moi scellerons la promesse de nous aimer toute notre vie, et peut-être même après.

— Et de toi le mien, je souffle contre ses lèvres.

Le chalet est en ébullition. À peine ai-je mis un pied hors de la chambre que Ian se jette sur moi, vérifiant que ma tenue est conforme à ses attentes.

— Ta cravate n'est pas très droite, je vais la refaire.

Plutôt que d'essayer de lui dire que je me débrouille très bien tout seul – et que c'est à Kane qu'il faut en vouloir pour ça, pas à moi -, je préfère le laisser faire, ça semble lui faire plaisir, si j'en crois le sourire lumineux qu'il affiche.

Un sourire qui devient incandescent quand il porte son attention par-dessus mon épaule et lâche un « ouah ». Je me retourne, pensant qu'il vient de voir une licorne, au lieu de quoi, je découvre Kane et... ouais, « ouah » est une assez bonne définition de l'homme qui se tient devant moi.

Son costume d'un vert foncé met parfaitement en valeur son regard. Regard qu'il pose sur moi, et qui semble briller de mille feux. Je ne peux détourner les yeux, subjugué par cette vision.

Je vais épouser cet homme, putain. Je vais l'épouser.

Je m'attends à ce que l'angoisse me submerge à nouveau, mais pas cette fois. À la place, c'est mon cœur que j'entends battre avec force jusque dans mes tempes. L'espace d'un instant, nos regards se verrouillent l'un à l'autre et c'est comme si le reste de la pièce disparaissait – ce qui, vu le raffut que tout le monde fait, paraît impossible... et pourtant.

Sans prendre conscience de mon geste, je tends le bras vers lui, et il me rejoint en quelques pas.

— Tu es magnifique, je souffle, et l'envie de chialer me reprend.

Si ça continue comme ça, je vais devenir une vraie fontaine. Heureusement, je me contiens et pose ma main sur sa joue pour la caresser, souriant lorsque je constate qu'il rougit légèrement.

Mais je suis sincère. Avec son costume cintré qui épouse sa puissante carrure, sa chemise immaculée, sa barbe taillée, et ses foutus yeux verts dans lesquels je voudrais me perdre, il est sublime. D'un coup, j'ai l'impression de ne pas être à la hauteur. C'est ridicule, je ne devrais même pas songer à ça, parce que c'est faux. Je le suis. Nous nous méritons, nous nous aimons, et mes incertitudes n'ont pas leur place au sein de ce qui nous lie. Ni aujourd'hui, ni jamais. Nous en avons fini avec ça.

— Presque autant que toi, répond-il en enveloppant ma main de la sienne.

— Qu'est-ce que vous êtes beaux, les garçons ! s'exclame Natty lorsqu'elle nous aperçoit.

— Et niais, ajoute Zane, qui a sûrement dû entendre notre échange. Mais je suppose que vous avez une dérogation pour la journée.

— Ferme-là, gronde Jude en lui donnant une tape à l'arrière du crâne.

— Laissez-moi aller récupérer mon appareil photo, s'écrie mon père.

— Je crois que Steve vit encore dans les années 90, renchérit Charles en sortant son portable, et nous éclatons de rire.

Nous nous prêtons au jeu des photos, seuls ou en groupe, tout le monde cherche à avoir sa part du gâteau.

Finalement, c'est dans un tourbillon de bruit, de cris et d'exclamations que nous nous préparons à partir. Nos témoins ont déjà pris la route, afin de s'assurer que tout est en ordre, et nous restons avec les parents de Kane.

— Tu as eu des nouvelles de ta mère ? me demande-t-il.

— Ouais. Elle m'a envoyé un texto il y a dix minutes, son avion a enfin atterri, elle nous rejoindra sur place.

Étrangement, le fait que son vol ait du retard ne m'a pas plus angoissé que ça. Après tout, j'ai l'habitude qu'elle ne soit pas là pour les grands moments de ma vie, et même si je suis heureux qu'elle vienne, je crois que je n'aurais été que légèrement déçu si ça n'avait pas été le cas.

— La limousine est arrivée ! s'exclame Jack qui n'a cessé de lancer des petits coups d'œil à la fenêtre et à sa montre. Elle est énorme.

Je ris, ayant eu la même réaction lorsqu'on a choisi notre véhicule. Vu les routes de montagnes, le format 4X4 de la limousine était loin d'être superflu.

Je récupère nos élégants manteaux achetés pour l'occasion, passe le mien et aide Kane à faire de même.

— Tu te prépares pour quand je serai incapable de m'habiller tout seul ?

Je lui jette un regard noir. Je sais qu'il le dit pour plaisanter, mais je suis conscient qu'une part de lui flippe toujours un peu de notre différence d'âge, même s'il l'accepte bien mieux, désormais.

— Tais-toi et enfile-le.

Il rit et obéit avant d'ajuster son écharpe et de sortir dans la neige. Nos boots en cuir ne sont pas idéales, mais je me voyais mal mettre des moonboots avec mon costume, même si nous devrons bientôt les enlever de toute façon.

— Tu es prêt ? demande Kane en attrapant ma main pour entrelacer ses doigts aux miens.

— Je suis prêt si tu l'es.

Il se tourne vers moi et m'offre le plus beau sourire qu'il m'ait été donné de voir.

— Plus que jamais.

CHAPITRE 20
Kane

Je ne quitte pas la main de Cooper de tout le trajet jusqu'à la patinoire. Je vois qu'il en a besoin, au risque de commencer à paniquer de nouveau. Son silence est éloquent : pendant que tout le monde discute avec animation, lui se contente d'observer le paysage défiler à travers la vitre. Alors je lui montre que je suis là, que je ne le lâche pas. Je ne veux pas qu'il devine que de mon côté également, le stress monte. On aurait l'air malin à flipper tous les deux.

— On est arrivés, souffle Cooper, et je tourne la tête vers l'entrée de la patinoire.

— J'ai vraiment hâte de voir la décoration ! s'enthousiasme ma mère.

Moi aussi, même si, pour être honnête, ça n'a pas d'importance à mes yeux. On pourrait aussi bien se marier au fond d'une crevasse que ça ne me dérangerait pas.

Je laisse nos familles quitter la voiture, leur demandant de s'assurer que tout le monde est en place, et je reste quelques instants de plus, assis à côté de Cooper, qui raffermit sa prise sur ma main.

— On va vraiment le faire, pas vrai ?

Il ne m'a toujours pas regardé, son attention rivée vers le bâtiment en face de nous. Je le vois déglutir et me penche vers lui pour effleurer sa joue de mes lèvres.

— Ouais. On va vraiment le faire. Toi et moi. Ensemble.

Pour tout avouer, il me fait un peu peur à cet instant. Comme s'il venait de prendre réellement conscience du pas que nous allons franchir et qu'il se mettait à avoir des doutes. Mais après tout, pourquoi pas ? J'ai douté de nous pendant longtemps, chacun son tour.

Il porte alors son attention vers moi et je découvre que ses yeux brillent. D'émotion, de larmes, aussi.

— J'ai l'impression que mon cœur va éclater, souffle-t-il. On va se marier. On va vraiment se marier.

Son sourire est si grand, si lumineux, que moi aussi, j'ai l'impression que mon cœur va éclater.

— Prêt à me supporter pour le reste de ta vie ?

Il hoche la tête et dépose un bref baiser sur mes lèvres avant de répondre, faisant écho à mes paroles de ce matin.

— Plus que jamais.

Je ris et l'attrape par la nuque pour l'attirer vers moi et l'embrasser une dernière fois avant de l'inviter à sortir de la limousine.

Cooper s'immobilise tout à coup, et je découvre que sa mère se tient devant nous. Elle avance d'un pas assuré sur le bitume déneigé, et saisit les joues de son fils entre ses mains.

— Tu es si beau, mon cœur.

Cooper déglutit, puis me lâche pour serrer Emilia dans ses bras. Il l'étreint longuement, et je suis convaincu que peu importe ce qu'il dit, ce qu'il croit, il aurait été anéanti si elle n'avait pas été présente en ce jour particulier.

Je les abandonne à leurs retrouvailles et à leurs échanges murmurés, me tenant en retrait pour ne pas briser leur intimité.

Finalement, Cooper recule et j'enlace Emilia à mon tour.

— J'espère que cette fois, c'est la bonne, déclare-t-elle, et je m'esclaffe.

Je n'ai vu sa mère qu'une fois depuis que nous sommes ensemble – ayant connu Steve alors qu'il était déjà divorcé – mais elle est exactement comme son fils : elle ne mâche pas ses mots et n'hésite pas à envoyer des piques. Les chiens ne font pas des chats, je suppose.
— Si ce n'est pas le cas, ce ne sera pas de mon fait.
Elle me fait un clin d'œil et attrape le bras de Cooper.
Alors que nous arrivons devant le bâtiment, Zane ouvre la porte, juché sur ses patins.
— Bon alors, qu'est-ce que vous foutez ?
Toujours aussi aimable, celui-là. Heureusement, ma mère le suit de près, et c'est avec bien plus de tact qu'elle déclare :
— Tout le monde est prêt. On n'attend que vous pour démarrer la musique.

Ses yeux pétillent et elle a l'air tout excitée par mon union avec Cooper, au moins autant qu'elle l'était lors de mon mariage avec Beth. Cela dit, elle les aime tous les deux.

Notre petit groupe avance le long du couloir menant à la patinoire, et je ricane en avisant la démarche de Zane sur ses patins. J'espère qu'il sera plus gracieux sur la glace. Il disparaît rapidement, suivi de nos mères, nous laissant seuls, Cooper et moi.

Nous avons prévu de passer par l'entrée des joueurs, pour plus d'effet. À l'abri des regards, nous échangeons nos boots pour des patins. Mais alors que, les doigts de Cooper noués aux miens, nous avançons vers la glace, c'est nous qui nous retrouvons surpris. Ou subjugués plutôt, par ce que nous découvrons.

— Merde, Kane ! Regarde ça ! s'extasie Cooper.

Et il peut. Je ne sais pas comment Livia s'est démerdée, mais elle a transformé une simple patinoire en un endroit féérique. Les vitres de plexiglas ont disparu, dissimulées derrière des tentures blanches et vaporeuses au pied desquelles sont installés de grands vases de roses couleur ivoire dont le parfum embaume. Au milieu de la glace, sur deux immenses tapis d'un rouge foncé, sont disposées des rangées de chaises ornées de housses blanches sur lesquelles nos invités sont assis. Une arche de fleurs de lys a été érigée un peu plus loin, juste devant le pupitre de Jude. L'allée centrale que nous allons remonter est délimitée par des lanternes en papier. C'est... foutrement incroyable. À tel point que j'en reste sans voix. Pourtant, je tente quand même une réponse.

— Je savais que Livia était douée, mais je n'aurais jamais pensé que...

Une boule me noue la gorge et j'entends Cooper renifler à côté de moi. Je me tourne vers lui et avise son expression émerveillée.

— J'ai l'impression de rêver.

Moi aussi, à vrai dire. Un putain de rêve incroyable duquel je ne voudrais jamais me réveiller. Je serre sa main plus fort dans la mienne, et souris lorsqu'il pose sa tête contre mon épaule.

— Espérons que les gars ne vont pas tout gâcher !

Nous éclatons de rire tandis que la musique résonne soudain dans la patinoire.

— Je suppose qu'on va vite le savoir, je réponds en entendant les premiers accords de « Marry you » de Bruno Mars.

Jude et Zane pénètrent sur la piste, et saluent la foule qui les observe en faire le tour. Si Zane se démerde bien et affiche un sourire éclatant et sûr de lui, comme toujours, Jude n'en mène pas large. Mine concentrée, il se laisse guider par son partenaire qui lui tient fermement la main. Je jette un regard en coin à Cooper qui se fixe en se mordillant les lèvres, comme s'il craignait une chute imminente.

— Ils se débrouillent plutôt bien, dis-je.

— C'est pas eux qui me font le plus peur...

À peine Jude est-il installé derrière son pupitre et Zane légèrement en retrait sur la droite, que c'est au tour de Ian, Steve et Charles de faire le show.

Je m'esclaffe en découvrant le père de Cooper – et mon témoin -, un peu trop voûté, les sourcils froncés, comme s'il se demandait par quelle tournure des événements il se retrouvait juché sur des patins. Heureusement, nos invités se marrent et applaudissent, et c'est en rayonnant qu'ils finissent par s'arrêter à leur place, Zane retenant un Steve chancelant, tandis que Ian ne peut s'empêcher de nous offrir un petit dérapage contrôlé avant de s'immobiliser.

— Tu vois... accorde plus de crédit à ton vieux père.

Cooper ne rit pas, et j'avise ses épaules se raidir tandis qu'il prend une profonde inspiration, l'air de se préparer au combat.

— Hé, tu vas assurer.

— Qui a eu cette idée, déjà ? grommelle-t-il.

Je me penche vers lui et effleure ses lèvres d'un baiser avant de lui sourire.

— Allez, c'est à nous, viens.

Il hoche la tête au moment où la voix de Bruno mars s'éteint pour être remplacée par les premiers accords de « Conversations in the Dark » de John Legend.

Tous les yeux se tournent vers nous tandis que nos patins se posent sur la glace. Et même si nous avons opté pour une cérémonie intimiste, ils sont tout de même nombreux. Entre les amis de Cooper et les miens, ils sont au moins une vingtaine, tous superbement apprêtés.

Tenant fermement la main de Cooper dans la mienne, je souris à nos invités tout en l'entraînant autour de la patinoire. J'observe leurs visages qui défilent devant moi : le sourire de Beth, le stoïcisme de son mec, les yeux humides d'Emilia et de mes parents, le rictus en coin de Colton qui a la main posée sur le genou de Daniel, la mine réjouie de Shane, et celle austère d'Anton, la solennité d'Aleanor, les rires étouffés d'Avery et Win sous l'expression courroucée de Lucy, sa mère, et l'hilarité de Shawn, le père d'Avery. Nous avançons doucement, et lorsque je me tourne vers Cooper, je remarque qu'il me fixe avec une affection et un amour si profonds que mon estomac se noue. Nous ne regardons même plus où nous mettons les pieds, parce que Cooper me fait confiance pour le guider. Nous finissons par nous immobiliser au bout de l'allée centrale que nous remontons, les doigts entrelacés. À chaque pas, mon cœur bat de plus en plus vite, et l'émotion m'étreint de plus en plus fort. Je déglutis pour tenter de me contrôler, entends les reniflements épars de nos invités. Je jette un coup d'œil à mes parents, dont les yeux brillent, et à Beth, qui m'offre un grand sourire, les larmes aux yeux. Je suis tellement heureux qu'elle soit là, qu'elle me montre son soutien.

Une fois devant Jude, Cooper se détache de moi pour faire face à son pote, qui attend que la musique s'éteigne pour commencer à parler.

— Bonjour à toutes et à tous. Nous sommes réunis aujourd'hui au sein de cette patinoire afin d'assister à l'union de Cooper Thomas Reid et Kane Henry Ackermann. En tant qu'officiant, et ami j'espère, c'est avec beaucoup de joie et un immense honneur que je vais présider la cérémonie de l'un de mes couples préférés, après le mien.

Des petits rires s'élèvent dans la salle, et j'entends même Zane grommeler un « encore heureux » dans sa barbe.

— Je n'évoquerai pas ici les différents échanges que j'ai eus avec Cooper quand il s'est rendu compte qu'il craquait pour Kane, ce serait gênant pour tous les deux, mais lorsque je les ai vus pour la première fois ensemble, j'ai su que j'avais devant moi ce qui ressemblait le plus à de l'amour.

Je me tourne vers Cooper, ses joues rouges et ses dents plantées dans sa lèvre. Il doit sentir mon regard sur lui parce qu'il me jette un petit coup d'œil, son expression mi-amusée, mi-mortifiée.

— Je suis fier, et admiratif, de leur chemin parcouru, des obstacles franchis, de leur force de caractère. Ce n'est pas toujours évident d'assumer ses choix, ses convictions, dans le monde où nous vivons.

En entendant les paroles de Jude, je ne peux m'empêcher de songer à Cooper, qui a dû faire face au fait de se retrouver attiré par un homme, mais également à tous ceux qui sont là aujourd'hui, ceux qui ont répondu présent. Je crois que les mots de Jude se répercutent en chacun de nous. En lui, pour commencer, en Beth, en Daniel, aussi. Nous avons tous dû surmonter des obstacles, été jugés, montrés du doigt, rejetés. En Ian, qui, comme je l'ai longtemps fait, préfère taire qui il est pour avoir une chance de percer. Pourtant, nous sommes tous là, debout, et dignes.

— Mais c'est ce qu'ils ont fait. Et aujourd'hui, ils sont devant nous, à sceller la force de leur amour, la profondeur de leur dévotion l'un pour l'autre. Zane… si tu veux bien procéder.

Je me tourne vers ce dernier, qui offre un clin d'œil à son mec avant de se diriger vers nous avec nos alliances. Ma main tremble autant que celle de Cooper lorsque nous récupérons chacun celle de l'autre.

— Il est temps de prononcer vos vœux.

Cooper et moi nous faisons face, et je tends la main vers lui pour prendre la sienne et la serrer. Me raclant la gorge, je tente de lutter contre les larmes et me lance.

— Cooper... Pendant des années, j'ai caché qui j'étais. Au monde, c'est vrai, mais à moi aussi. Je trouvais ça plus facile, mais c'était surtout lâche. Pourtant, je m'étais persuadé que c'était le mieux à faire. Et puis tu es arrivé, avec ton sourire, ton franc-parler, et tes foutus bonshommes en pain d'épices... et j'ai craqué.

Son sourire à cet instant illumine mon monde et me tord l'estomac, me donnant le courage de continuer, même si j'ai peur de flancher.

— Ça a été plus fort que moi. J'ai tenté de lutter, de me convaincre que ce n'était pas une bonne idée. Si durement et si longtemps que ça a fini par marcher. Comme souvent, j'ai choisi la facilité. Mais pas toi. Toi, tu t'es battu pour nous quand j'en étais incapable, tu m'as montré que l'important, ce n'est pas l'image qu'on renvoyait au monde, mais d'être honnête avec soi-même. Il m'a fallu du temps, trop, mais j'ai fini par comprendre. Grâce à toi. Mon guerrier, l'homme tenace qui n'a pas hésité à lutter contre mes peurs, à les faire taire par sa présence, par sa combativité.

Ses jolis yeux noisette s'emplissent de larmes et cette fois-ci, il ne les refoule pas, elles coulent librement le long de ses joues. Et il sourit, d'un sourire qui fait battre mon cœur si fort, si vite tandis que nos mains tremblent toujours.

Quant à moi, le trouble qui m'étreint est si puissant que je ne suis pas certain de parvenir à continuer. Je renifle doucement, me pince les lèvres pour ne pas me laisser submerger et reprends.

— Parfois, je te regarde et je me demande ce qu'aurait été ma vie si je ne t'avais pas connu, ou si tu avais abandonné. La vérité, c'est que j'en ai eu un aperçu et que ça a failli me tuer. Alors, je te promets, je te promets sur ce que j'ai de plus cher, que plus jamais je ne reculerai. Parce que sans toi, je ne suis rien, et je veux que le monde le sache.

Je passe doucement la bague le long de son annulaire, et c'est en le fixant droit dans les yeux que je prononce les dernières paroles, dans un chuchotement étranglé.

— Je t'aime, Cooper. Pour toujours et à jamais.

CHAPITRE 21
Cooper

Merde, merde, merde…

Je savais que j'aurais dû commencer. Comment je vais faire moi, maintenant ? Je suis totalement incapable de prononcer le moindre mot. C'est à peine si j'ose respirer. Les paroles de Kane résonnent dans ma tête et je crois que mes jambes vont me lâcher. À moins que ce soit mon cœur qui finisse par exploser.

Je verrouille mon regard à celui de Kane, parce que ça m'aide à rester ancré dans l'instant présent, à ne pas me laisser submerger par l'émotion, à ne pas me noyer sous les larmes qui ne cessent de couler. Comment fait-il ça ? Comment parvient-il, en quelques paroles, à me faire l'aimer toujours plus ?

Ses doigts effleurent les miens et il caresse ma main, comme pour me donner le courage de me lancer à mon tour.

Mon Dieu, ça va être un carnage. Tellement ridicule, tellement mauvais à côté de ce que je viens d'entendre. Tout cet amour, toute cette dévotion, j'ai l'impression que je ne suis pas de taille à les accepter, que je risque de ployer sous le poids de ses sentiments. Des sentiments que je ressens à l'identique, bien que je sois infoutu de les transformer en jolies phrases qui le mettront dans le même état que celui dans lequel je me trouve, là, tout de suite.

— Kane…

Ma voix n'est qu'un murmure étranglé, et il me sourit tout en pressant mes doigts.

— J'ai… j'ai cherché ce que je pourrais écrire dans ces vœux, ce que je pourrais dire pour que tu comprennes à quel point je t'aime, à quel point t'épouser me rend heureux… et me fait aussi paniquer, un peu.

Kane laisse échapper un petit rire qui se répercute sur la glace, et je ferme brièvement les yeux pour retrouver une contenance.

— Mais, je n'ai pas réussi. Et je suis là, devant toi, sans avoir rien préparé, parce que chaque fois que je notais quelque chose, ça ne me plaisait pas. Et puis… et puis j'ai repensé au conseil de mon père, le soir où tu m'as trouvé en train de devenir fou devant la cheminée.

Il sourit et hoche la tête, ses yeux brillent et ses joues arborent des traces salées.

— Il m'a dit que tout ce que j'avais à faire, c'était de te regarder, et d'écrire ce que je ressentais. Et tout ce que je ressens, c'est un put… un amour si profond que ça me fait peur. Ça me fait peur parce que j'ai l'impression que sans toi, je ne suis plus vraiment moi. Et je repense à toutes ces fois où je t'observais, où je ne voyais en toi que le joueur de hockey. Qui aurait cru que je me tiendrais devant toi, aujourd'hui, à faire de toi mon mari ? Et il y a une chose que j'ai comprise. J'ai admiré le champion, pendant des années… Mais c'est de l'homme dont je suis tombé amoureux. L'homme sans qui je refuse d'imaginer ma vie.

Je dois fermer les yeux un instant pour reprendre le contrôle de ma voix, de mes émotions. C'est alors qu'à mon tour, je glisse l'alliance autour du doigt de Kane, tout en reniflant d'une manière pas vraiment sexy.

— Je t'aime, Kane. Je t'aime et je t'appartiens, finis-je par murmurer. Aussi longtemps que tu voudras de moi. Je suis à toi, pour toujours et à jamais.

Nous restons un moment à nous regarder béatement, jusqu'à ce que Jude se racle la gorge. Sa voix est chevrotante lorsqu'il parle à nouveau.

— Par les pouvoirs qui me sont conférés par l'état du Colorado, je vous déclare unis par les liens sacrés du mariage… vous pouvez vous embr… OK, me laissez pas terminer, surtout.

Je ris contre les lèvres de Kane en entendant la réflexion de Jude. Juste à ce moment-là, des applaudissements éclatent, accompagnés de cris et de sifflements.

— Pour un si petit groupe, ils sont sacrément bruyants, s'amuse Kane entre deux baisers.

— Tais-toi et embrasse-moi.

Ses mains enveloppent mes joues, et sa bouche est de retour sur la mienne, m'embrassant profondément, scellant la promesse d'un avenir ensemble, quoi qu'il advienne, et celle de le rendre le plus merveilleux possible.

Le reste de l'après-midi passe dans une frénésie un peu floue, et jamais mon sourire ne quitte mon visage. Entre les photos, les câlins, les embrassades, les félicitations, je ne sais plus où donner de la tête. Heureusement, tout ce que j'ai à faire, c'est de me laisser guider par nos témoins qui ont pris les choses en main. Kane semble dans le même état que moi, les yeux brillants, et affichant un air extatique. Nos regards ne cessent de se croiser, nos corps ne sont jamais bien loin l'un de l'autre, nos mains ne se quittent presque jamais.

Nous parvenons enfin au *Little Nell*, un hôtel niché au creux des montagnes du Colorado. La nuit est en train de tomber sur Aspen, et les lumières provenant de l'établissement offrent un aspect enchanteur à notre environnement. Les sapins majestueux sont ornés de guirlandes lumineuses dorées, les toits recouverts d'une couche de neige immaculée. J'entends tout le monde pousser des murmures émerveillés tandis que nous nous dirigeons vers l'entrée. Nous avons réservé des chambres pour nos invités le temps du week-end, de façon à ce que chacun puisse profiter des pistes de ski accessibles directement depuis l'hôtel.

— Cet endroit est magnifique, s'extasie Natty, qui avance en tenant le bras de son fils.

— Et encore, vous n'avez pas vu la salle de réception, répond Ian en se tournant vers nous.

Non, en effet. Pas décorée, du moins, mais je ne doute pas le moins du monde que nous allons en avoir le souffle coupé.

Nous laissons nos témoins gérer nos convives tandis que le photographe nous invite à le suivre dans le jardin arrière pour quelques photos de couple.

Installé confortablement sur mon nuage de bonheur, j'ai l'impression que je ne vais jamais toucher terre. Tournant la tête dans tous les sens pour observer la beauté du paysage, je m'immobilise lorsque nous arrivons au fond du jardin, entouré des montagnes.

— Bon sang, Kane…, je souffle.

Il m'offre un sourire éblouissant et se penche pour m'embrasser. J'entends le flash de l'appareil et je sais, avec certitude, que cette photo finira encadrée. Celle de ce baiser échangé, sans même y penser.

Nous prenons la pose, suivant les indications du photographe. Des tas et des tas de clichés comme preuves de cette journée, même si je n'ai pas besoin de ça pour être certain de ne jamais l'oublier.

— Hé les gars, quand vous aurez fini de jouer les mannequins, on vous attend pour commencer à picoler !

Nous nous tournons vers Zane, bras croisés devant la porte.

— S'il n'existait pas, il faudrait l'inventer, je m'esclaffe.

— Pas si sûr, rétorque Kane, même si son ton amusé ne trompe pas. Cela dit, je ne serais pas contre un verre moi non plus.

— C'est les larmes, ça t'a asséché, dis-je pour le taquiner.

Il ricane et secoue la tête.

— Ouais, voilà ce que tu as fait de moi, Cooper Reid, une vraie fontaine.

— Ackermann.

Kane me jette un regard en biais, semblant perplexe.

— Quoi ?

— Cooper Ackermann, je répète. Pas Reid. Enfin, plus pour longtemps.

Kane se fige et m'observe avec tant de solennité que j'ai envie d'éclater de rire.

— C'est vrai ? souffle-t-il.

— Tu devrais voir ta tête, le photographe a loupé un super cliché.

— Arrête de te foutre de moi !

Je ris et le serre contre moi, avant de lui murmurer à l'oreille :

— Je ne fais que commencer.

F.V.Estyer

CHAPITRE 22
Kane

Notre entrée dans la salle de réception du *Little Nell* se fait sous un tonnerre d'applaudissements. Des pétales de roses volent dans l'air, certains se déposant sur mon costume et mes cheveux. Des serveurs entreprennent de verser le champagne dans des coupes et Cooper me tend la mienne avant de trinquer.

— Au premier jour du reste de notre vie, déclare-t-il.

Je souris – je ne fais que ça depuis des heures, à tel point que j'en ai la mâchoire douloureuse - et fais tinter mon verre contre le sien, le cœur débordant de joie et d'amour pour l'homme en face de moi. Pour mon mari. Bordel. Malgré tout ce que nous venons de vivre, j'ai toujours du mal à réaliser. Peut-être que je devrais demander à quelqu'un de me pincer, j'en connais au moins un qui ne se ferait pas prier pour s'exécuter.

Je finis ma coupe quasiment d'un trait – je mourais de soif – et laisse les potes de Cooper l'embarquer tandis que Beth s'approche de moi. J'ouvre les bras et elle se coule dans mon étreinte avant de déposer un baiser sur ma joue.

— Je suis tellement content que tu sois venue, je souffle contre ses cheveux.

— Je me fais un devoir d'être présente à chacun de tes mariages.

Elle me fait un clin d'œil et je lui réponds :

— J'espère que ce sera le dernier.

— Ça le sera, Kane. Vous êtes faits l'un pour l'autre. Et vous êtes si beaux ensemble. À vous voir, c'est une évidence. Ça l'était déjà pour moi avant que tu te sortes la tête du cul. C'est vrai. Elle est celle qui m'a fait réaliser que j'étais tombé amoureux de Cooper, avant même que je le découvre, ou que je n'ose me l'avouer, du moins.

— Tant de poésie dans ta bouche, ça fait chaud au cœur.

— Arrête. Je suis sûre que ça te manque.

— *Tu* me manques.

Je suis sincère. Plus que mon épouse, Beth a toujours été mon amie, celle qui m'a soutenu pendant des années et avec qui j'ai créé des liens indestructibles. Elle a été mon rayon de soleil lors de mes heures les plus sombres, et je lui serai éternellement reconnaissant de m'avoir supporté durant autant de temps.

Nous nous étreignons longuement avant de nous séparer lorsque certains de nos potes nous rejoignent. Nous discutons gaiement, et je reçois des tas de compliments : sur ma tenue, sur la cérémonie, sur le couple que je forme avec Cooper.

Cooper dont je sens parfois le regard se poser sur moi, et auquel je réponds avec un sourire, toujours aussi surpris de cette connexion qui semble nous lier.

— Vous n'avez pas fait les choses à moitié en tout cas, déclare mon père avec une accolade. Cette salle est splendide.

Je ne peux le contredire. La pièce lambrissée est décorée dans des nuances de blanc, agrémentée de bougies et de fleurs. Une immense baie vitrée nous offre une vue incroyable sur les montagnes enneigées.

Pour des types qui s'y sont pris un peu à la dernière minute, on s'est vachement bien démerdés, même si c'est surtout Livia qu'on doit remercier.

Rapidement, l'heure du dîner arrive, et tous les invités prennent place autour des tables rondes dans une joyeuse cacophonie lorsque chacun cherche son nom.

Attrapant une bouteille de champagne, je m'assieds à côté de Cooper, entourés de nos parents et témoins. Il me tend son verre et je me penche vers lui pour murmurer :

— Par contre, ce soir, interdit de gerber.

Il lève les yeux au ciel, sachant pertinemment à quoi je fais allusion.

— Ton romantisme est vraiment ce que je préfère chez toi.

J'éclate de rire et l'embrasse rapidement avant de me redresser, prêt à laisser la ronde des serveurs déposer nos entrées.

— J'ai une surprise pour toi, moi aussi.

Je me tourne vers Cooper qui avale son gâteau à grandes bouchées, ses lèvres brillantes de sucre.

— Vraiment ?

— C'est pas un chalet, mais…

— Un seul suffit, de toute façon, dis-je avec un clin d'œil.

— Gros malin.

Il jette un regard derrière lui, et j'avise Daniel, tenant un étui de guitare, se diriger vers la scène surmontant légèrement la petite piste de danse. Il sort son instrument et commence à jouer quelques notes pour l'accorder.

À cet instant, les lumières s'éteignent, et je fronce les sourcils.

Cooper se lève, me tend la main. Je la prends et le laisse me guider, dans un silence seulement perturbé par les quelques accords de guitare qui s'élèvent dans la pièce. Tout le monde a les yeux braqués sur nous, et une boule me noue soudain la gorge.

Parvenus au centre de la piste de danse, Cooper entoure ma taille de ses bras. Je l'enlace à mon tour, et murmure :

— Ce n'est pas ce qui était prévu.

Nous avions choisi une chanson ensemble pour notre première danse – ça nous a pris des heures d'ailleurs - mais apparemment, Cooper en a décidé autrement.

— Comme beaucoup de choses nous concernant.

Je lâche un petit rire, et pose mon front contre le sien, laissant la voix grave de Daniel chanter doucement :

First time I've led my eyes on you
Wouldn't have thought it would end up this way
Now when I look at us, I realize
all we've been through was worth it
No matter the fear, the pain and the doubts,
They all disappeared when you put your lips on mine.

Marry me, babe.
Make me the happiest I would ever be.
Marry me, babe.
Take my hand so we can start our journey.

You were so scared to fall in love with me
That you couldn't help but run away
But you should have known that I would come after you
Chasing our dream and reaching up for the stars.
You've showed me a world I thought I'd never see.
From which I now never want to escape.

— C'est toi qui l'as écrite ? je demande tandis que nous nous balançons doucement sur la piste, les yeux dans les yeux.

Parce que ces paroles font écho à notre histoire, à ce par quoi nous sommes passés.

— Disons que j'ai participé au projet. Je n'ai pas le talent de Daniel, ni le tien d'ailleurs, pour les jolies phrases, en témoigne mes vœux.

— Ils étaient foutrement géniaux, au contraire.

Il fronce les sourcils.

— Tu étais là, non ? Tu m'as entendu les prononcer, rassure-moi ?

— Ouais, et j'en ai adoré chaque mot, surtout ce « putain » que tu as failli laisser échapper.

Il ferme les yeux et grimace.

— Je sais, ça craint.

— Au contraire. C'était vrai, c'était toi, et c'était parfait comme ça.

> Now as I look at you, your eyes are filled with tears,
> Of joy and promises of what's awaiting us.
> There is no hiding from each other,
> from our love that was meant to be.
> I fought for us when you were too scared to
> You proved me wrong when I thought I didn't deserve you.
>
> Marry me, babe.
> Make me the happiest I would ever be.
> Marry me, babe.
> Take my hand so we can start our journey.

— Cette chanson est magnifique, je souffle, l'émotion me serrant une nouvelle fois la gorge en entendant les paroles.

Combien de litres de larmes un homme peut-il verser avant de ne plus avoir d'eau dans le corps ? Je crois que je vais le découvrir ce soir.

— Elle nous ressemble.

Son sourire est léger, mais franc, et je lève la main pour caresser sa joue.

> Your smile is so wide, I hope to never see it fade out
> The ring on your finger is a vow I'll make sure to never break.
> I will keep you heart safe; you can put your trust in me.
> I'm sorry I had to let you down,
> But we've both learned from our mistakes,
> Now I want to spend the rest of my life with you
> And I hope you feel this way too.
> Cause loving you is the best thing that could have happen to me.
>
> Marry me, babe.
> Make me the happiest I would ever be.
> Marry me, babe.
> Take my hand so we can start our journey.

Nous continuons à évoluer sur la piste, nos corps soudés, nos lèvres qui se trouvent pour échanger des baisers entre deux pas durant lesquels nos regards ne se lâchent pas.

— Je suis heureux, Kane. Profondément heureux.

Ses mots se répercutent jusqu'aux tréfonds de mon âme, et je tressaille sous cet afflux de sentiments qui se déverse en moi.

Je le serre plus fort, inspirant son odeur, m'enivrant de sa présence, de son affection.

— Je t'aime tellement, je murmure contre son oreille.

— Je t'aime aussi.

Un peu plus tard, alors que les tables ont été débarrassées et désertées, tout le monde se déhanchant sur la piste de danse, je décide d'aller prendre l'air. J'ai chaud, j'ai trop picolé, et j'ai besoin de sentir la fraîcheur du vent sur ma peau.

Dehors, je découvre Colton, en train de fumer sa clope, discutant tranquillement avec Daniel. Je les rejoins et porte mon attention sur ce dernier.

— Merci beaucoup pour cette chanson, elle était magnifique. Tu as une voix incroyable.

Il rougit et hausse les épaules avant de répondre :

— Ça m'a fait plaisir. C'était un très beau moment, je suis content d'avoir pu y contribuer.

Il semble un peu emprunté, et je ne résiste pas à l'envie de l'attirer contre moi.

Il se tend, surpris, puis me rend mon étreinte.

— Merci encore.

— Profite chaton, c'est pas tous les jours qu'on a le droit de se faire câliner par un champion, déclare Colton en rigolant.

— Jaloux ? je demande en me détachant de son mec.

— Allez, Ackermann, arrête de chercher les compliments.

Je ris et lève les yeux au ciel. J'apprécie beaucoup Colton, même si lorsque nous nous voyons, nous ne parlons pas de grand-chose d'autre que de hockey, un sport qu'il aime presque autant que moi.

— Je vais rentrer, nous informe Daniel, j'ai un peu froid.

— Je t'accompagne, déclare Colton.

— Non, termine ta clope, je vais en profiter pour aller me chercher un truc à boire.

Il commence à s'éloigner, mais Colton le retient pour l'embrasser rapidement avant de le libérer.

Nous restons tous les deux, silencieux, à observer Daniel disparaître à l'intérieur.

— Il a l'air d'aller mieux, finis-je par déclarer.

— Ouais. C'est encore un peu dur pour lui, surtout à cette période, mais il est content d'être ici, ça lui change les idées.

Tu m'étonnes. Ça ne doit pas être évident de passer les fêtes sans ses parents, mais c'est peut-être un mal pour un bien. Quand j'ai appris ce qu'il avait subi, j'en suis resté sur le cul, et totalement outré. Comment peut-on infliger une telle horreur à son enfant ? Depuis, je n'ai plus jamais adressé la parole au père de Daniel, mais qui sait, peut-être qu'il est devenu très ami avec celui de Jude, ils sont aussi tarés l'un que l'autre, apparemment.

— Il a eu de la chance de tomber sur toi.

Colton se tourne vers moi, et j'observe la fumée de sa clope s'évaporer dans l'air hivernal.

— Je crois que c'est moi, le plus chanceux de nous deux.

Je souris, parce que c'est exactement ce que je ressens en cet instant, alors que mon regard dévie pour se poser sur Cooper, visible depuis la baie vitrée, qui discute joyeusement avec Jude, Shane et Daniel, qui vient de les rejoindre.

— Il semble enfin trouver sa place parmi eux.

— Ouais. Il les a toujours observés de loin, et je sais que ça le rendait malheureux, de ne pas réussir à s'intégrer.

— On dirait que c'est en train de changer, je déclare en avisant Zane ébouriffer les cheveux de Daniel qui le repousse sans ménagement. Ils forment une sacrée bande, hein ?

— Que tu le veuilles ou non, tu en fais partie aussi, papi.

Je grimace et lui jette un regard noir, auquel il répond par un éclat de rire.

— Fais quand même attention à ce que tu dis.

Colton passe son bras autour de mes épaules pour me serrer contre lui. De sa main libre, il écrase sa clope dans le cendrier et déclare :

— Allez, viens, il est temps de retrouver les hommes de notre vie.

Et je ne pourrais pas être plus d'accord avec lui.

CHAPITRE 23
Cooper

Sur les coups de deux heures du matin, nous estimons qu'il est temps de tirer notre révérence et de nous en aller. Nous saluons nos invités, leur souhaitant une bonne nuit, et recevons en retour des commentaires salaces qui nous font à peine sourciller.

Attrapant la main de Kane, je le guide hors de la salle et jusque devant notre 4X4 limousine qui nous attend pour nous ramener au chalet. Nous nous y glissons, le sourire jusqu'aux oreilles, et la voiture démarre aussitôt. Nous aurions pu dormir à l'hôtel, mais avons préféré rester tous les deux, chez *nous*. Bon sang, j'ai encore du mal à m'y faire. Comme beaucoup de choses depuis quelques jours, quelques heures surtout… J'observe l'alliance à mon doigt, cet anneau de platine dont l'intérieur est gravé de nos deux prénoms suivis de « Now & Forever ».

Comment un si petit objet peut-il représenter quelque chose d'aussi énorme ? Un symbole si puissant du lien qui nous unit ?

Le bras de Kane autour de mes épaules me sort de mes pensées. Il m'attire vers lui, niche son nez contre ma gorge et prend une profonde inspiration.

— Ça fait des heures que j'attends ça, murmure-t-il, et son souffle me chatouille.

— De me renifler ?

Son rire vibre contre ma peau et me fait frissonner.

— Non. De passer un peu de temps seul avec toi. J'ai l'impression que ça fait une éternité.

Ce qui est étrange, c'est que moi aussi. Quelques heures à peine se sont écoulées, mais nous ont emportés dans un tourbillon duquel nous venons juste de nous dépêtrer. Et même si j'en ai adoré chaque seconde, j'avais hâte qu'on se retrouve en tête à tête.

Je me tourne vers lui, enveloppe sa joue et embrasse ses lèvres au goût du scotch qu'il a fini par préférer au champagne. Nos langues se mêlent, et notre étreinte s'approfondit. Un petit cri s'échappe de ma gorge lorsqu'il m'attrape par la taille pour m'inciter à le chevaucher. Ses doigts s'égarent sous mon manteau, sous ma chemise qu'il sort de mon pantalon pour accéder à ma peau. Ses mains fraîches m'arrachent un glapissement qui se meurt contre sa bouche.

Je remonte le long de sa tempe, jusqu'à ses cheveux que j'agrippe tout en rejetant la tête en arrière. Il retrace ma mâchoire de ses lèvres, puis ma gorge, accessible maintenant que ma cravate a disparu – et doit sûrement être perdue à l'heure qu'il est, abandonnée sous une table. Il aspire ma pomme d'Adam, et je gémis, fermant les yeux, me laissant aller à ses caresses. Soudain, ses mains sont sur la boucle de ma ceinture, la détachant avant de déboutonner mon pantalon.

— Qu'est-ce que tu fous ? je m'exclame, baissant la tête pour le dévisager.

— C'est une vraie question ? Je veux ta peau, Cooper. J'en crève d'envie.

— On est dans une voiture !

— Justement.

Son sourire se fait carnassier tandis qu'il glisse mon pantalon ainsi que mon boxer sous mes fesses, dévoilant ma queue qui commence à s'intéresser fortement à cette conversation.

— Lève ton joli petit cul, m'ordonne-t-il, et j'obéis, parce que, franchement, ce serait mentir que de lui faire croire que je n'attends pas que ça.

Sa main entoure mon membre, et je me rue dans son poing, quémandant plus de caresses.

Il attrape mes fesses et penche légèrement la tête en avant pour glisser mon sexe dans sa bouche.

Je gémis, fort, et me mords les lèvres en me souvenant que nous ne sommes pas tout à fait seuls. Cela dit, je pense que le chauffeur a dû en voir d'autres.

Kane me tient fermement pendant qu'il me suce, laissant jouer sa langue sur mon gland avant de me prendre profondément.

Je soupire et halète, c'est plus fort que moi. Rien n'est meilleur que de sentir ma queue aller et venir dans la chaleur humide de sa bouche tandis que je le baise doucement.

— Kane...

Il m'aspire, me lèche, et je tremble si fort que je crains de me briser. Je voudrais retenir mon orgasme, attendre que nous soyons nus, tous les deux, nos corps entremêlés. Mais c'est plus fort que moi. Ses grognements qui se répercutent sur ma queue, sa langue qui sait exactement comment me titiller pour que je m'enflamme... il ne me faut que quelques minutes pour jouir dans un cri étranglé.

Je me laisse retomber sur lui, mon cœur battant la chamade.

Nos bouches se trouvent de nouveau, partageant le goût de mon orgasme, et je glisse ma main entre nos corps pour agripper son érection entre mes doigts.

Il se cambre à ma rencontre, et je voudrais me mettre à genou sur le sol de la voiture pour lui rendre la pareille. Sauf que nous n'en avons pas le temps. Moins d'une minute plus tard, la limousine ralentit, signe que nous atteignons le chalet.

— Tu avais tout prévu, pas vrai ?

— Non, j'en avais simplement envie. Mais ne t'inquiète pas, nous avons toute la nuit.

Il accompagne sa phrase d'un clin d'œil et je me décolle de lui pour tenter de me rendre présentable, même si tout ce que je veux à présent, malgré mon stress et ma nervosité, c'est mettre à exécution un désir inavoué auquel dernièrement, je n'ai cessé de songer.

La porte vient tout juste de se refermer derrière nous que j'agrippe les pans du manteau de Kane pour l'attirer à moi. Je l'embrasse encore et encore, des tas de baisers qu'il me rend avec effusion tout en riant.

— Je pensais que t'avoir fait jouir une fois te rendrait plus patient.

— Et moi, je pensais que tu me connaissais mieux que ça.

Pour toute réponse, il plante ses doigts dans mes fesses pour me plaquer contre lui. Il frotte son érection contre mon entrejambe, pour me montrer combien il bande pour moi.

— Ce sera quoi ? Le jacuzzi ? La cheminée ?

Honnêtement, les deux me conviennent parfaitement, mais pour ce que j'ai en tête, je crois que l'idéal serait un lit.

— Non, je rétorque, me détachant de lui avant d'ôter le plus gros de ma couche de fringues pour ne garder que ma chemise, mon pantalon, et mes chaussettes.

Une fois tous les deux délestés de nos vêtements les plus encombrants, j'attrape le poignet de Kane pour l'attirer dans notre chambre. Lorsque j'ouvre la porte, je m'immobilise, et il me percute.

— Qu'est-ce qui s'est passé ?

La couette est recouverte de pétales de roses, non loin trône une bouteille de champagne dans un seau à glace.

Je m'approche et constate que les glaçons sont encore intacts, signe que quelqu'un était ici peu de temps auparavant.

Kane me suit et glousse en apercevant un panier sur l'une des tables de nuit.

— Je suppose que Dina est passée par là, et qu'elle a eu des instructions.

— Comment ça ? dis-je en fronçant les sourcils.

Il défait le papier entourant le panier et disperse son contenu sur le lit : du lubrifiant, un gode, un plug, un anneau pénien, de l'huile de massage, des menottes en froufrou noir et un bandeau.

— Bon sang, je soupire en rougissant.

Kane se penche et attrape le petit carton qui gît au milieu et entreprend de le lire.

— *Faites-en bon usage, et n'oubliez pas de nous raconter les détails… Bonne baise, les gars. Signé…*

— S'il te plaît, ne me dis pas que c'est mon père ! je m'exclame, mortifié.

Kane éclate de rire et secoue la tête.

— Non, ce n'est pas de la part de mes témoins, mais des tiens, déclare-t-il, franchement amusé.

— Ils ont cru qu'on allait se lancer dans le porno ?

— Moi, ça me tente bien, répond Kane, un sourire en coin.

— De quoi ? Le porno ? Parce que je te préviens…

— Mais non ! Ces jouets. Ça me donne un tas d'idées.

Il accompagne sa réplique d'un clin d'œil et mes joues s'échauffent de nouveau. C'est vrai que même si notre vie sexuelle est pleinement – et j'insiste sur ce mot – épanouissante, nous avons toujours été très « traditionnels ». Juste nous, nos corps emboîtés, nos peaux en sueur. Mais à voir tous ces accessoires étalés devant nous, je me dis qu'en effet, ça pourrait être sympa de les utiliser. C'est marrant, parce que ce n'est pas quelque chose qui m'était venu à l'esprit avant, pas quelque chose que j'avais envisagé, mais ça pourrait être drôle… et carrément torride. Pas ce soir, cependant.

— Ouais, mais ça devra attendre, parce que j'ai d'autres projets.

Kane fronce les sourcils.

— Lesquels ?

C'est à mon tour de lui lancer un clin d'œil, même si je me sens un peu intimidé tout à coup. C'est ridicule, j'en ai conscience, mais c'est plus fort que moi.

— Je te le dirai quand tu seras nu.

Et il ne lui en faut pas plus pour entreprendre de se déshabiller. Il prend son temps, me laissant mater chaque parcelle de peau qu'il dévoile au fur et à mesure. J'admire son ventre ferme, son torse puissant, ses larges épaules quand il glisse sa chemise le long de son dos avant de l'abandonner sur le sol. Il me fixe en débouclant sa ceinture, puis en baissant son pantalon, faisant apparaître ses cuisses épaisses parsemées de poils foncés. Une fois en boxer, il passe ses pouces sous l'élastique et hausse un sourcil dans ma direction.

— De l'aide, peut-être ? je propose.

— C'est demandé si gentiment.

Je contourne le lit et me poste devant lui, effleurant le renflement sous son sous-vêtement. Puis je me penche, ma langue court sur ses pectoraux, j'aspire ses tétons durcis, trace un chemin le long de son sternum jusqu'à terminer à genoux. Mes dents mordillent son érection à travers le tissu, et il laisse échapper un grondement sonore. Après avoir finalement enlevé ses chaussettes et son boxer, mes mains remontent sur ses mollets, ses cuisses, jusqu'à ses hanches qu'il pousse contre moi. Je finis par me redresser, caressant sa peau nue et douce.

Kane attrape mon poignet et embrasse mon annulaire, au-dessus de mon alliance. Ce simple geste me file des frissons. C'est mon mari. Je suis marié avec Kane Ackermann. Pour le reste de ma vie. Peut-être que ça devrait me faire flipper, de vraiment me rendre compte que nos destins sont liés, mais ça me fait juste vibrer.

Le baiser que nous échangeons est lent, doux, empli d'amour et de tendresse, et je recule, l'entraînant avec moi sur le lit. Nous repoussons les « cadeaux » de mes potes, mais gardons les pétales, que je sens à peine sous mon dos.

Rapidement, son grand corps recouvre le mien et notre étreinte s'approfondit. Nos lèvres s'épousent, nos langues se mêlent, nos soupirs sont étouffés par nos bouches soudées.

Les doigts de Kane arrachent presque les boutons de ma chemise, qui reste coincée au niveau de mes poignets. Je ris tandis qu'il peste en se débattant pour me l'ôter. Il répète l'opération, avec mon pantalon cette fois, dont il se débarrasse en même temps que mon boxer et mes chaussettes.

— Alors, dis-moi, souffle-t-il, maintenant que je suis nu… Qu'est-ce que mon mari a prévu ?

Mon cœur rate un battement en l'entendant m'appeler ainsi, et je suis quasi certain que mon visage va se fendre en deux à cause du sourire que je lui offre.

Je tends le bras et tâtonne, à la recherche de la bouteille de lubrifiant. Au moins un truc qui servira cette nuit.

— Donne-moi ta main.

Kane obéit, et je dépose une bonne dose de gel sur sa paume. Je suis un peu fébrile tout à coup, ne sachant pas vraiment comment lui dire ce que j'attends, par peur de regretter, de ne pas être prêt, de lui donner de faux espoirs. Lui ne se doute de rien, et il saisit ma queue érigée pour l'enduire de lubrifiant.

— Non, je murmure en repoussant sa main. Ce n'est pas pour moi...

Bon sang, est-ce possible d'avoir tant envie de quelque chose et de le redouter tout autant ? Le pire, c'est que je veux me donner à lui, entièrement. Je veux savoir ce que j'éprouverais à le sentir m'emplir.

L'espace d'un instant, Kane se contente de me fixer, l'air de ne pas comprendre, puis ses yeux s'écarquillent.

— Cooper...

J'écarte les cuisses, lui montrant que je suis décidé, malgré le fait que je tremble légèrement.

— Je veux que tu me baises, Kane. Je veux te sentir en moi.

— Bordel de...

Il laisse sa phrase en suspens, continue de m'observer, scrutant la moindre de mes réactions.

— Tu es sûr ? Tu n'es pas...

— Obligé ? Je sais.

Il ne me l'a jamais demandé, n'a même jamais soumis l'idée. Et moi, je n'étais pas certain d'être prêt, mais après ce soir, je le souhaite plus que jamais.

Je souris, pour lui faire comprendre que tout va bien, que tout ira toujours bien, avec lui.

— Je...

Sa voix se brise et il secoue la tête, puis se penche pour m'embrasser.

— Je t'aime, Cooper, et je promets de tout faire pour que ce soit bon pour toi.

— Je sais, dis-je.

Malgré mon estomac noué, je ne flanche pas, même quand je sens ses doigts s'insinuer entre mes cuisses, effleurant mon périnée. Je respire lentement, me concentre sur ses lèvres qui embrassent les miennes, ma mâchoire, ma joue. Il reste un long moment à titiller mon entrée, comme il l'a si souvent fait de sa langue, de sa main aussi, parfois.

Soudain, il pousse son doigt à l'intérieur de moi. Je me crispe inconsciemment, redoutant la suite malgré tout.

— Détends-toi. Laisse-moi te faire du bien.

Je n'ai pas le temps d'acquiescer que sa bouche recouvre de nouveau la mienne tandis qu'il me pénètre plus profondément. Il commence des va-et-vient, me doigtant doucement.

— Tu es prêt à en prendre plus ? demande-t-il.

Je hoche la tête, ne me faisant pas confiance pour parler, pour avouer peut-être, que je me sens étrangement mal à l'aise, tout à coup. Ce n'est pas la première fois qu'il me baise avec ses doigts, mais jamais avant ce soir il n'a été plus loin que ça.

De sa main libre, Kane dégage une mèche de cheveux, frotte son nez contre le mien, puis me fixe tout en ajoutant son majeur.

Je me mords les lèvres pour ne pas gémir. Alors qu'il me baise doucement, toujours plus profondément, un pic de plaisir parcourt mon corps et me laisse haletant.

— Refais-le, je murmure.

Kane sourit, obéit, et je gémis pour de bon, cette fois.

— C'est bon ?

— Oui...

— Tu veux plus ?

Je déglutis, mais acquiesce. Il ajoute un troisième doigt et je pousse un cri de plaisir.

J'en suis tout étonné. Je m'attendais à plus de douleur, plus de rejet de la part de mon corps d'être exploré ainsi. Mais encore une fois, c'est de Kane qu'il s'agit, et sa manière de me toucher, de m'embrasser, de m'effleurer rend tout ça absolument fantastique.

Il prend un long moment pour me détendre, m'étirer, m'habituer aux nouvelles sensations que j'éprouve. Bien plus vite que je ne l'aurais cru, je me retrouve pantelant, quémandant toujours plus… plus de pression, plus d'intensité.

— Tu aimes sentir mes doigts en toi ?

— Oui… putain, oui !

Il continue de me baiser, un peu plus vite, souriant lorsque je me pousse contre sa main.

Ramenant mes genoux sur ma poitrine, je lui signale qu'il est temps de passer aux choses sérieuses.

— On n'est pas obligés de faire ça tout de suite…

— Si. Bordel, Kane, j'en crève d'envie. S'il te plaît, ne me demande pas de te supplier.

— Tu le ferais ?

— Tais-toi et baise-moi.

Il rit, et ôte ses doigts, me laissant une étrange sensation de vide. Il saisit un oreiller et m'intime de relever les fesses pour le caler correctement. Puis il attrape le lubrifiant et en verse une généreuse dose sur son érection.

— Caresse-moi.

J'obéis, étalant le gel sur sa queue, appréciant les soupirs qu'il laisse échapper. C'est alors qu'il positionne son gland contre mon entrée, et que je retiens mon souffle.

— Respire, Cooper. Prends de profondes inspirations, et détends-toi. Et surtout, surtout, dis-moi d'arrêter si c'est trop douloureux pour toi.

Un élan d'amour puissant me percute de part en part à ces mots, à son regard tendre qui ne lâche pas le mien, observant mes moindres expressions. Et c'est sans jamais baisser les yeux qu'il me pénètre, avec une lenteur tout aussi bienvenue qu'exaspérante. Je voudrais lui dire que je ne suis pas en sucre, la vérité, c'est que j'aime qu'il se montre aussi attentif, aussi prévenant. Bon sang, je l'aime tellement que c'en est bien plus douloureux que sa queue qui s'enfonce en moi.

— Regarde-moi. Concentre-toi sur moi, sur le plaisir que tu éprouves, dit-il en entreprenant de me branler lentement.

Ce que je fais. Je ressens chaque caresse, chaque poussée, chaque effleurement. Et passé le léger inconfort, une sensation étrangement agréable prend le dessus. Et quand il finit par s'enfoncer complètement, je ne peux retenir un cri. Un cri de bonheur de l'avoir en moi, avec ette impression de ne plus faire qu'un.

Timidement, j'entreprends de balancer mes hanches, pour ne pas rester passif, pour lui montrer que j'aime ça. Notre étreinte est lente, presque trop, mais au fur et à mesure, ma peau commence à chauffer, à me picoter, et le plaisir grandit. Naissant au creux de mes reins, il se déverse dans mes veines, me faisant haleter et m'agripper aux draps.

— C'est bon ? souffle-t-il, ses iris verts incandescents.

— C'est… putain !

Je me cambre sous la vague qui déferle soudain en moi. Ce qui n'était au début qu'une mer calme devient un océan déchaîné qui me fait frissonner et m'oblige à fermer les yeux.

Je me perds dans un tourbillon d'émotions jusque-là inconnues, psalmodiant le nom de Kane tandis qu'il continue de me baiser, de me caresser.

Je me tends, et avant que je comprenne ce qui m'arrive, je jouis dans un cri, mon sperme giclant sur sa main et mon torse.

Kane me suit de près, se déversant en moi, poussant un grognement bestial.

D'un coup, nos muscles nous lâchent, et il se laisse tomber contre moi, sa queue toujours nichée à l'intérieur de mon corps.

Nous restons un long moment sans bouger, le temps de recouvrer notre souffle. Lorsqu'il aspire une larme entre ses lèvres, je me rends compte que je pleure un peu… il ne manquait plus que ça.

— Ça va ? demande-t-il, inquiet.

Et je souris, gagné par une euphorie inédite.

Je pose ma main sur sa joue, et murmure :

— Je t'aime, Kane Ackermann.

— Je t'aime, Cooper Ackermann.

La chanson de Cooper & Kane

First time I've led my eyes on you, wouldn't have thought it would end up this way.

Now when I look at us, I realize all we've been through was worth it.

No matter the fear, the pain, and the doubts, they all disappeared when you put your lips on mine.

Marry me, babe. Make me the happiest I would ever be.

Marry me, babe. Take my hand so we can start our journey.

You were so scared to fall in love with me, that you couldn't help but run away

But you should have known that I would come after you, chasing our dream and reaching up for the stars.

You've showed me a world I thought I'd never see, from which I now never want to escape.

Now as I look at you, your eyes are filled with tears of joy and promises of what's awaiting us.

There is no hiding from each other, from our love that was meant to be.

I fought for us when you were too scared to. You proved me wrong when I thought I didn't deserve you.

Marry me, babe. Make me the happiest I would ever be.

Marry me, babe. Take my hand so we can start our journey.

Your smile is so wide, I hope to never see it fade out.

The ring on your finger is a vow I'll make sure to never break.

I will keep you heart safe; you can put your trust in me.

I'm sorry I had to let you down, but we've both learned from our mistakes,

Now I want to spend the rest of my life with you, and I hope that you feel this way too.

Cause loving you is the best thing that could have happen to me.

Marry me, babe. Make me the happiest I would ever be.

Marry me, babe. Take my hand so we can start our journey.

La première fois que j'ai posé les yeux sur toi, j'étais loin d'imaginer que ça finirait ainsi.

À présent, lorsque je nous regarde, je me rends compte que ce par quoi nous sommes passés valait le coup.

Peu importe la peur, la douleur et les doutes, ils ont tous disparu quand tu as posé tes lèvres sur les miennes.

Épouse-moi, bébé, fais de moi l'homme le plus heureux au monde. Épouse-moi, bébé, prends ma main pour que nous puissions commencer notre voyage.

Tu avais si peur de tomber amoureux de moi, que tu n'as pu t'empêcher de fuir. Mais tu aurais dû savoir que je serais venu te chercher, pour courir après nos rêves et atteindre les étoiles.

Tu m'as dévoilé un monde que je pensais ne jamais connaître, duquel je ne veux jamais m'échapper.

À présent, alors que je te regarde, tes yeux sont remplis de larmes de joie et de la promesse de ce qui nous attend.

Nous ne pouvons plus nous cacher l'un de l'autre, de notre amour qui était écrit.

Je me suis battu pour nous quand tu étais trop effrayé pour le faire, tu m'as prouvé que j'avais tort quand je pensais ne pas te mériter.

Épouse-moi, bébé, fais de moi l'homme le plus heureux au monde. Épouse-moi, bébé, prends ma main pour que nous puissions commencer notre voyage.

Ton sourire est si grand, j'espère ne jamais le voir se faner. L'alliance autour de ton doigt est un vœu que j'espère ne jamais briser.

Je garderai ton cœur à l'abri ; tu peux compter sur moi.

Je suis désolé d'avoir dû te laisser tomber, mais nous avons tous les deux appris de nos erreurs.

À présent je veux passer ma vie auprès de toi, et j'espère que tu ressens la même chose.

Car t'aimer est la plus belle chose qui aurait pu m'arriver.

Épouse-moi, bébé, fais de moi l'homme le plus heureux au monde. Épouse-moi, bébé, prends ma main pour que nous puissions commencer notre voyage.

Printed in France by Amazon
Brétigny-sur-Orge, FR